U0115598

通往巴别塔的路上

——中国少数民族翻译家访谈

哈森/著

内蒙古出版集团

内蒙古人民出版社

图书在版编目（CIP）数据

通往巴别塔的路上 : 中国少数民族翻译家访谈 / 哈森著.
—呼和浩特 : 内蒙古人民出版社，2016.5

ISBN 978-7-204-14053-4

Ⅰ . ①通… Ⅱ . ①哈… Ⅲ . ①访问记—作品集—中国—
当代Ⅳ . ① I253

中国版本图书馆 CIP 数据核字 (2016) 第 128864 号

通往巴别塔的路上——中国少数民族翻译家访谈

作　　者	哈森	
责任编辑	朱莽烈　　于汇洋	
封面设计	宋双成	
出版发行	内蒙古人民出版社	
地　　址	呼和浩特市新城区中山东路 8 号波士名人国际 B 座 5 楼	
印　　刷	内蒙古爱信达教育印务有限责任公司	
开　　本	680×960　　1/16	
印　　张	12	
字　　数	172 千	
版　　次	2016 年 6 月第 1 版	
印　　次	2016 年 6 月第 1 次印刷	
印　　数	1—3500 册	
书　　号	ISBN 978-7-204-14053-4/I・2711	
定　　价	26.00 元	

图书营销部联系电话 :（0471）3946298　　3946267
如发现印装质量问题，请与我社联系，联系电话 :（0471）3946120

代序

据西方典籍记载，当时人类联合起来希望兴建能够通往天堂的高塔——巴别塔。上帝为了阻止人类的计划，悄悄来到人间，变乱了人类的语言，使人类相互之间不能沟通，那座塔于是半途而废，人类自此各散东西，语言成了人类凝聚力和创造力的鸿障。翻译活动，恰恰是为人类拆除语言文字障碍，架起不同社会、不同地域、不同文化背景的国家和民族之间沟通交流的桥梁和纽带。而这样沟通和交流的结果，往往启迪新的感悟、新的智慧、新的视角，从而产生无可估量的社会推动力。由此说，翻译活动是社会变革和文化进步不可缺少的加油器。

20世纪初叶，《共产党宣言》《资本论》等马列经典著作被译介到中国，并经中国人在实践中与自己的实际相结合，使中国社会发生了世人瞩目、翻天覆地的变化。新中国成立后，党和国家又把少数民族语文翻译视作祖国统一、民族团结、社会和谐发展、文化大繁荣的法宝，早在共和国成立初期就设立了国家级的少数民族语文翻译机构，用各少数民族语文向广大的少数民族群众传播马克思列宁主义经典、党和国家大政方针，让少数民族人民群众始终与国家和民族同呼吸、共命运；各少数民族翻译工作者也凭着自己的文化自觉，译介很多本民族的文化瑰宝，增强了多民族多语言多文字国家的文化魅力。阿弗雷德·波拉德在论述翻译的重要意义时说过一段不乏诗意而又极为深刻的话："翻译如同打

1

开窗户，让阳光照射进来；翻译如同砸碎硬壳，让我们享用果仁；翻译如同拉开帷幕，让我们能窥见最神圣的殿堂；翻译如同揭开井盖，让我们汲取甘泉。"翻译工作者获得这样的赞誉是当之无愧的。

本书以访谈的形式，采访了蒙古、藏、维吾尔、哈萨克、朝鲜、彝、壮、柯尔克孜、汉等民族20位少数民族语文翻译工作者，以翻译家们的成长经历，映现了将近一个世纪以来一个个民族的历史变迁、社会变革和人文变化；以每个翻译家不凡的经历、斐然的成果，展示一个个民族的历史底蕴、文化魅力和精神风貌；以每个翻译家丰厚的经验和独到的眼光探讨相关翻译的一系列问题，展现了新时代少数民族翻译家们的专业水平、敬业精神和无私情怀。被采访的翻译家，大多也是我熟知的同事和同行，所记录的事件和成绩，大多也是我所了解的。作为他们事迹的"见证人"，我想说，他们以翻译的在场式见证了历史，并用实践书写了共和国的少数民族语文翻译史。相信这些记录经得起时间考证，可以还原真实的人、真实的事件、真实的历史，将为翻译技巧研究、译者主体研究、译文文本研究以及少数民族文化研究提供可贵的资料。

这是少数民族翻译史上前所未有的、具有里程碑意义的一项工作。作者试图完成或部分完成了一幅全景式、直观地展现作为"桥梁"和"纽带"事业践行者们的人生经历、情感世界和不懈追求的画卷，其价值和意义是不言而喻的。同时，这部书稿的出版，让人们更多地了解翻译工作者和其从事的翻译工作的价值和重要性，提升了人们对翻译工作者的看法和认识，并对提高翻译工作部门的声誉，起到一定的积极作用。

作者秉着对少数民族翻译事业无限的热爱之心，历经七年，费心寻访、虚心请教、耐心记录，并舍弃业余休息时间，认真阅读了翻译家们大量的资料和译本，以质朴的文字，书写了一个个华彩的篇章。作者长期从事翻译工作，既对翻译工作有较为深刻的认知，本身又有实践经验和大量的成果，所以面对这个题材相对驾轻就熟。我想，同为一名翻译工作者，作者对翻译家们的理解、体谅和尊重，让她收获的不仅仅是这部著作，还有对翻译这个事业更高的领悟，对人生追求更深的感悟。正如她自己所说，她是幸运的。

作为民族语文翻译领域崭露头角的新事物——"中国少数民族翻译家访谈"，用作者自己的话来说只是完成了部分性工作。中国有 55 个少数民族，有 12 个民族在使用自己的文字，各个民族都有自己的翻译家队伍，还有很多优秀的翻译家有待我们广泛深入了解并去记录。他们都是中华民族宝贵的精神财富的创造者。

云山苍苍，江水泱泱。先生之风，山高水长。在我们这样一个提倡"各美其美，美人之美，美美与共，天下大同"的文化多元化、文化大发展、文化大繁荣的大时代，中国少数民族语文翻译事业必将蒸蒸日上、人才辈出，同心共筑中国梦，齐心共建中国民族语文翻译事业的巴别塔。

2016 年 5 月

★兰智奇，中国民族语文翻译局党委书记

目录 contents

contents 目录

《习近平谈治国理政》民族语文翻译工作纪事

——访维吾尔族翻译家阿力木沙比提

　　阿力木沙比提，现为中国民族语文翻译局局长、总译审、业务导师，二级译审，国家民委领军人才。兼任中国翻译协会常务副会长，中国译协民族语文翻译委员会主任，国家级民族语文翻译学术刊物《民族翻译》杂志主编，中国突厥语研究会副会长，中国维吾尔历史文化研究会常务理事，中国少数民族作家学会常务理事，新疆维吾尔自治区民族语言名词术语规范审定委员会委员，中央人民广播电台中国民族广播网民族问题及网络安全专家顾问。

　　是的，阿力木沙比提同志是我的领导，更是我敬重的老师和前辈。他于2010年到中国民族语文翻译局上任之前，长期在国家级民族文出版机构——民族出版社工作并担任领导，之后又在民族画报社担任党委副书记、副总编辑。他以在首都30多年的工作经历，见证了少数民族新闻出版、民族语文翻译事业的发展变化。平日里他为人低调谦和，待全局各民族职工亲如兄弟姐妹；他在工作中率先垂范，带领业务人员奋战在翻译的第一线上。下面，我把这段围绕着还原《习近平谈治国理政》民族文翻译工作实况展开的更多关于翻译的谈话呈送给读者，让更广大的读者来认识和评价这位德艺双馨的翻译家吧！

哈森：阿局长您好，感谢您支持我的工作，百忙之中接受我的采访。记得 2015 年春节即将到来之际，翻译局接到了中宣部安排的《习近平谈治国理政》一书的紧急翻译任务。作为这部重要文献少数民族文版翻译工作的组织者，能否回顾一下这次组织翻译工作的过程以及您的个人感受？

阿力木沙比提：继《习近平关于实现中华民族伟大复兴的中国梦论述摘编》《之江新语》等论著之后，《习近平谈治国理政》是我们接到的新一代领袖著作翻译任务的重中之重。这次任务重、时间紧、文章翻译难度不小，还赶上了春节和我局每年的重要任务——全国"两会"翻译任务。

这次用五种文字翻译出版《习近平谈治国理政》一书任务，须由我局和民族出版社共同完成。任务一来，我们局社两家立即召集业务联席会议，做动员部署，落实责任，做出了严密的工作方案，短短三天时间基本完成了前期准备工作，翻译专家们集中进驻封闭办公地点。

针对时间紧、任务重、质量要求高的特点，在整个翻译工作过程中，翻译局与民族出版社相互协作、密切配合、分工负责，突破以往"翻译—审校—终审—审读"的常规方式，将审校工作前置，形成翻译、编辑、审校同步交叉进行，做到了即译即审即改，由我局专家负责终审，大大提高了工作效率。事实证明，在《毛泽东选集》民文版翻译出版之后，国家首次大规模集中一批翻译专家、集中封闭办公、翻校审一体进行领袖著作翻译的模式是成功的，堪称民文翻译领域的经典范例。

作为从事多年翻译工作的一名翻译工作者，我亲身参与并见证了一部领袖著作如何翻译成民文版经典范本的整个过程，为之震撼，为之感动。翻译不仅仅是把一种语言译成另一种语言，也不是语码的简单转换，它是文化符号，是需要带入情感的。翻译初始，我们所有专家不谋而合，有了一个共同的目标——把《习近平谈治国理政》译成权威性经典作品。译著既要把握和体现著作的思想内涵，力求保持习近平总书记的行文风格，又要尊重少数民族语言文字的表达习惯，在做到信、达、雅的同时，

维吾尔族翻译家、中国民族语文翻译局局长、总译审阿力木沙比提

让少数民族群众能轻松地理解和接受，特别要把引经据典、成语用词翻译到位。面对一系列难题，专家们合理安排分工，废寝忘食，夜以继日，多人会审，集思广益，为一个词、一个字的翻译常常讨论到天亮，专家们放弃了春节、藏历年及三八妇女节等节假日，一直坚持工作。

记得也有一个插曲：当时蒙古文版翻译人员对书名译名意见不一致，为了做到精确无误，我们组织专家就蒙古文版书名译名进行研讨，也专门派人赴呼和浩特，请自治区政府翻译处牵头组成专家组进行讨论研究，确定了书名。这也反映我们的翻译工作是深入基层、接地气的。

文献翻译工作开始不久，翻译局按照惯例入驻了2015年全国"两会"翻译工作驻地。当时，我们提出文献翻译和"两会"翻译工作两不误，要统筹考虑，合理安排，优质高效完成任务。这样，"两会"工作驻地，同时也成了文献翻译工作场所。各语种翻译专家，面对两项重大政治任务，将压力转化为动力，合理调配时间和人员，两项工作交叉进行，为按时完成文献翻译工作争取到了时间。"两会"工作一结束，承担《习近平谈治国理政》的翻译专家没有回家休息，直接奔赴驻地继续开展工作。这种无怨无悔、主动奉献的精神让我动容，让我看到了老一辈翻译工作者身上"讲政治，顾大局，一丝不苟，甘于奉献"精神的延续，也让我再一次感受到大家为呈现一部完美的翻译作品"衣带渐宽终不悔""挑灯夜战寒窗苦"的境界和追求。

作为一名少数民族党员干部，我切身感受到了党和国家对民族地区文化发展、对少数民族群众文化需求的高度重视和大力关怀，倍感荣幸，倍受鼓舞。习近平总书记在会见基层民族团结优秀代表时曾说："我国56个民族都是中华民族大家庭的平等一员，共同构成了你中有我、我中有你、谁也离不开谁的中华民族命运共同体。"《习近平谈治国理政》民文版的面世，凝聚着中国民族语文翻译局与民族出版社近二十个少数民族翻译家共同的付出和努力，不同民族合作交流，局社共商共研，以实际行动践行着打造多民族共同体的理念追求。在这过程中，王正伟副主席、刘奇葆部长多次做出重要批示，蒋建国、丹珠昂奔、陈改户等多位领导同志专程到驻地慰问我们，给我们加油鼓劲，让我们更加坚定了信心，义无反顾地完成了这份光荣的使命。可以说，一部译著，100多天，79篇文章，五个语种100余万字，凝聚了翻译局和民族出版社各族职工付出的艰辛与汗水，矗立起我国民族语文翻译史上一座永不磨灭的丰碑。

哈森：作为《习近平谈治国理政》维吾尔文版的定稿者，您觉得本书翻译的难点是什么？您是怎样克服和处理的？可否回忆一下您当时的心情？

阿力木沙比提：中华历史源远流长，五千年中华文明博大精深，也集中体现在汉语言文字上。总书记在不同的时间、地点、场合，用不同的语言形式，从《论语》《庄子》《左传》等古代传统文本中引经据典，谈古论今，将治国理政阐述得淋漓尽致。他引用"政之所兴，在顺民心；政之所废，在逆民心"，强调勤政为民的重要性，正是传统民本思想的现代体现；尤其是在多次讲话中引用郑板桥的诗句"衙斋卧听萧萧竹，疑是民间疾苦声""些小吾曹州县吏，一枝一叶总关情"，教导干部一定要把人民放在心中最重的位置，切身体察人民的疾苦，引用"鞠躬尽瘁，死而后已"，强调我们为人民服务应有的精神和态度。总书记国学修养深厚，对此自有更深的体会。通过对这些经典词句的翻译，不仅加深了我们对中国传统文化精华的理解，更使我们体会到总书记深植内心的为民情怀。翻译工作中，引经据典的翻译历来是一个难点，为了做到译文的准确性和规范性，我们要求翻译人员：原文中的典句和古词古语，如果是《毛泽东选集》等权威官方翻译作品中出现过，那就得查找，跟之前出过的文献尽可能统一一致。但如果感觉当时的翻译欠妥的话，还要进一步加工，让它更加精准。另外，我们翻译局目前实施的信息化建设项目成果——少数民族语文翻译平行语料库，真是大大提高了我们的翻译效率，解决了问题。只要之前有翻译的文本，基本上都收入其中，只要输入汉语，就能调出相应的译文以及出处。再就是，我们当时成立了疑难解答质疑组，安排了两名学识渊博的博士毕业生，专门对汉文生涩难懂、理解困难的词语进行查询和解答，各语种提出的问题解答后共享资料，记得这本书疑难解答的词条有近 700 条。其中有"大学之道，在明明德，在亲民，在止于至善""思皇多士，生此王国。王国克生，维周之桢""济济多士，文王以宁"等出自《大学》《诗经》等经典文本的语句，还有"雄关漫道真如铁""人间正道是沧桑"等出自毛泽东诗词的句子……我们翻译审定时，尽可能让它保留原义的同时，使其精炼、成为译文经典。

习近平总书记还常用打比方、讲故事的方式阐述深刻的道理，用大白话、大实话等俗文俚语来释疑解惑，这些质朴而通俗的语句，意境深远。总书记用"钉钉子"精神做比喻，强调一步一个脚印，锲而不舍，持之以恒的态度。书中这样的百姓语，形象化的比喻很多，非常生活化，接地气。这部扎根于老百姓生活语言的文献，由于汉语言文化与少数民族语言文化的差异性，给翻译人员带来了一定的难度，在翻译过程中，我们注意做到在尊重民族语言规律和语言表达习惯的基础上，最大限度地保留原文风格，以达到原文和译文形式和内容的最佳结合。

源于汉维两个民族的文化和思维方式、表达方式等差异，翻译时看似简单易懂的话，有时却不好译。比如"中国故事"这个词，"故事"在维吾尔语里表达很多意思，就说"故事"是"故事、往事、传说……"

等等，翻译时选错了词，就无法还原。再比如"中国梦"这个词，如果直译成"做梦"的"梦"，译文就会产生歧义，因为维吾尔语中的"梦"，有不可实现的、虚幻的"白日梦"之意。这显然不符合习近平总书记赋予"中国梦"的本来内涵。经过专家讨论，并广泛征求意见，最后建议用维吾尔语中类似于"期盼"的一个词，来指代"中国梦"里的"梦"。建议得到了业界人士高度认同，目前此译法已经成为维吾尔语"中国梦"的规范版本。

作为维吾尔文版审定稿人员，我和同事们压力都很大。这个压力来自两方面，一是来自工作本身的，主要是时间紧，译文质量要求高，多人翻译的译稿，都要集中在我这里审定把关，需要将译稿中大量不规范、不统一的词汇进行规范和统一，这是一个繁重的文字加工过程；二是来自对这项工作的认识。接受这项任务那天起，我就意识到，这不仅是一项业务工作，更是一项重大的政治任务，我们必须举全局之力，全力以赴，高质量地按时完成任务。当时，除了承担维吾尔文译稿的审定把关，还需要了解和掌握蒙藏维哈朝五个语种的工作进度、三审三校等情况，统筹协调翻译工作中的各个环节，以确保整体翻译审稿工作有序推进。驻地离我的家很近，但我连续一个多月没有回家，因为还有 50 多位翻译专家，也在离家坚守工作岗位，他们有的来自内蒙古、西藏、新疆等地方……各民族翻译专家为了共同完成好此项重大任务，同吃同住、相互交流，克服困难，历经三个多月集中办公，高质量地完成了该文献的翻译审稿任务，此项工作堪称民文翻译领域的经典范例。

在进行这项工作的过程中，虽然自己觉得很累、很辛苦，但是当五个语种的领袖著作出版问世，并将其送到广大读者手中时，感觉自己一下子轻松了许多……

哈森：您刚才提到民族语文翻译平行语料库，我想，民族地区的民族语文翻译工作者，一定对此很感兴趣，能否请您介绍一下中国民族语文翻译局目前实施的民族语文翻译信息化建设情况？

阿力木沙比提：中国民族语文翻译局作为我国唯一的国家级民族语文翻译机构，信息化研究，是少数民族语言文字翻译工作中的一项基础

2015 年 8 月维吾尔专有名词英语词典编纂工作协调会上

性工作，要对民族语文进行规范化、标准化、信息化建设成为当务之急，这也是信息时代提出的新任务、新要求。根据新时期我国民族语文翻译信息化建设工作的需要，发挥优势，整合资源，从 2010 年开始，先后完成了蒙古文、藏文、维吾尔文、哈萨克文、朝鲜文、彝文、壮文七种民族语文电子词典及辅助翻译软件和相关语种的校对软件，汉文与七种民族文对照查询系统，维汉双向智能翻译系统和智能语音翻译软件等 26 款应用型民族语文软件的研发，有几款获得国家版权局颁发的《计算机软件著作权登记证书》。上述软件已广泛使用于全国民族语文翻译工作实践中，受到广大用户的广泛好评。

从 2010 年开始，实施"全国民族语文翻译信息共享系统"项目，开展七种少数民族语文平行语料库建设，整合翻译文献资源，将翻译局建局以来翻译的党和国家的重要文献对照本全部电子化。目前，建立起了一个较全面、系统、完整的汉文与 7 种民族文对照的翻译文献平行语料数据库，为实现民族语文翻译的信息化、规范化、标准化奠定了坚实的语料基础。

哈森：我想，少数民族地区的翻译工作者们听到这样的消息会欣喜万分的。那么，您刚才也提到了《蒙藏维哈朝彝壮新词术语汇编》，我记得新词术语规范化项目，是您到翻译局主持业务工作后最为如火如荼进行的一个项目，也请您在此为大家介绍一下。

阿力木沙比提：任何一种具有生命力的语言，它的历史都必然是一部规范发展史。语言文字的规范化、标准化水平，满足信息时代语言生活和社会发展的需要。为了贯彻《国家民委关于做好民族语文翻译工作指导意见》的精神，为落实国家民委党组对中国民族语文翻译局职能强化的有关要求，翻译局自2008年起启动新词术语规范化项目，开展民族语文新词术语规范化、标准化研究，收集、筛选、整理、分类党和国家重大会议和重要文献中出现的新词术语，邀请全国有关省区党政机关、翻译机构、高等院校、科研院所和新闻出版等单位的民族语文翻译专家，连续六年召开蒙古、藏、维吾尔、哈萨克、朝鲜、彝、壮语文翻译专家审定会议，讨论并审定7个语种新词术语3万余条，改进了各语种方言区之间新词术语翻译一词多译，不规范、不统一的问题，从而缓解了沟通障碍，保障了信息的畅通。可以说推动了全国民族语文新词术语规范化工作，促进了各民族语言文字的准确学习使用和推广，保障了党和国家方针政策和法律法规的正确宣传，为少数民族群众学习掌握现代科学技术提供了便利。新词术语规范与统一工作取得的成绩，也夯实了我局的业务建设，对更好完成每一项翻译业务，提供了有力保障。

哈森：您是中国民族语文翻译局的局长、总译审、业务导师、业内屈指可数的二级译审、国家民委评选的维吾尔文翻译领军人才，这些都是一个普通翻译无法企及的高峰，我跟读者一样好奇您的成才之路，能否跟我们聊一聊您的个人经历？

阿力木沙比提：1957年，我出生在美丽的孔雀河畔——库尔勒。我从小在机关大院里长大，发小们基本上是汉族小朋友，所以从小就有了一定的汉语基础，后来上中学还有一周三次的汉语课。1975年高中毕业后，知青插队，正好赶上了"路线教育工作队"下乡，就调我去工作队当翻译。无论开会、组织学习还是下地劳动，我都要承担口头翻译。那个时候我才18岁，这也可以说是我翻译生涯的开始。

1979 年，我被分配到库尔勒市人民政府办公室当了一名职业翻译，1982 年到中央民族学院进修一年。由于工作需要，结业后被调到民族出版社。自己能有机会来到我国少数民族的最高学府学习深造，之后又调入我国唯一的国家级少数民族出版机构工作，对于从未离开过家乡的一个年轻人来说，简直像一场梦。首都北京——全国人民向往的地方，更是年轻人学习深造、施展才华的天地。我来到民族出版社后，被分配到维吾尔文编辑室工作。宽敞明亮的办公环境中，资深编辑们的细心帮教下，书刊编辑出版工作很快就吸引了我。当时，虽然维文室的编辑力量很强，但由于年轻人少，处于青黄不接时期，亟须培养年轻的翻译编辑人员。编辑室安排我从事《红旗》杂志的翻译编辑工作。我上班的第一天，拿到《红旗》杂志的文稿准备翻译时，才知道这是党中央机关刊物，出了一身冷汗，第一次意识到自己在工作中遇到了这么大的挑战。虽然在新疆工作时也从事过几年的翻译工作，对翻译这一行并不陌生，但毕竟那都是地方机关的一般性文稿，翻译难度不大，对译文的质量要求也不太高，而今天摆在自己面前的是向国内外公开发行的权威性刊物，对译文质量要求可想而知。没有扎实的文字能力和编辑出版专业知识，光凭在基层掌握的语言文字能力和翻译水平，是无法胜任这项工作的。为了尽快适应新的工作环境和要求，我变压力为动力，把挑战视为机遇，刻苦学习编辑出版专业知识，努力钻研，虚心向老编辑们请教，学习他们一丝不苟的敬业精神，每一篇文稿的翻译编辑都要认真对待，每一个词句都要反复推敲，力求达到最理想的效果，最终让读者满意。

付出的努力，没有让自己失望，凭借较强的原有母语基础及几年的刻苦学习，成了编辑室年轻业务骨干，翻译编辑业务能力明显提高，能够独立完成图书和期刊的编辑、审稿及发稿工作。1993 年到 2000 年间，我先后被提任为民族出版社编辑部副主任、主任、总编辑助理、副总编辑、党委副书记等职务。当初，全国的少数民族出版行业仍然没有摆脱计划经济体制的运行模式，具体表现为编印发三个环节相互严重脱节，出版品种单一，产品不对路，编辑人员普遍缺乏市场意识，出版社完全靠国家有限的亏损补贴过日子，远远落后于全国出版行业的发展形势。编辑部主任的重任压在我肩上，为尽快摆脱困境，我与同事们一起，对新疆的图书市场进行广泛调研，深入了解图书市场的变化和读者需求，调整了选题结构，维文图书品种从过去的 20 多种增加到了 200 多种，重印再版率大大提高，效益明显提升，到 1994 年，在出版社历史上第一次实现了民文图书编辑部的盈利。我在担任出版社改革领导小组副组长、组长期间，主持制定了出版社的许多重大改革方案，有力地推动了出版社内部的改革。策划并组织出版了一批像《突厥语大词典》《吐鲁番木卡姆》《世界少年文学精选丛书》等具有影响力的经典图书。由我组织策划并承担责编的《突厥语大词典》获得了我国最高级别的图书奖——国家图书奖，同时获得了中国民族图书奖一等奖，由我责编的《汉俄英维电力科技词典》荣获中国民族图书奖三等奖，由我策划并责编的《吐鲁番木卡姆》荣获国家图书奖提名奖和中国民族图书奖一等奖。行政管理工作再忙，我从未离开过业务岗位，参与或独立完成的译著有《中国共产党史稿》《俄罗斯作家童话选》《红墙里的瞬间》等 20 多种图书，翻译书刊文稿 200 多万字；完成了《青年思维趣谈》《十二木卡姆研究》《外国幽默精选》等上百种图书的编辑审稿工作以及上千万字书稿的终审工作。

哈森：掐指一算，您于 1975 年开始了翻译生涯，而今已四十余载，真想听一听您对翻译工作的切身感受，以及对我们年轻一代翻译人员的要求和希望……

阿力木沙比提：我认为翻译工作十分重要，这是由翻译活动的社会性决定的。翻译活动最本质的作用是为人类拆除语言文字障碍，促成不同地域、不同文化背景的民族之间的沟通与交流。而这种沟通与交流的结果，往往能启迪新的感悟、新的智慧、新的视角，从而产生巨大的社会推动力。多民族、多语并存，不同文化共生是我国一大国情，而通过翻译使之成为互相沟通，互相借鉴，取长补短，共存共荣的多彩世界，才是大家共同的期盼。空前开放的中国，呼唤翻译事业的发展。在我们多民族的国家里，在社会经济生活中，各民族之间需要不断地交往、交流、交融，翻译工作的重要作用和不可替代性更加凸显。新形势、新任务对翻译工作者提出了更高的标准和要求，翻译工作者任重而道远，我们面对机遇与挑战，要充分认识自身所肩负的使命和价值，以对党和人民事业高度负责的态度，努力提高业务能力和水平，用我们手中的笔创造出更多、更好的精品佳作，以不辱时代赋予的历史使命。

哈森：阿局，想一想您在民族语文工作战线上的作为，想一想您在民族语文翻译行业中的闪光点，我们的话题可以说刚说到一半儿。但是由于时间关系，今天就先聊到这儿，希望以后有机会再聆听您给我们讲述更多有关翻译的话题。

再次感谢您接受我的采访，给全国的民族语文翻译工作者以及广大的读者送去如此意义重大、信息密集的一番谈话。

2016 年 4 月 18 日　北京海淀

蒙古族资深翻译家——东和尔扎布访谈

2015 年 12 月 12 日，作为国家级民族语文翻译机构，中国民族语文翻译局迎来了 60 华诞。如果说，1955 年到 1975 年之间的 20 年，是新中国民族语文翻译事业从无到有，再受挫折的一个阶段，那么 1978 年复建国家级民族语文翻译机构到至今 40 年，是中国民族语文翻译事业蓬勃发展的 40 年。1975 年，东和尔扎布译审从内蒙古师范学院调到中央民族语文翻译局（现称"中国民族语文翻译局"，以下简称"翻译局"）工作，直到 1993 年光荣退休，他为民族语文翻译事业呕心沥血，见证了他的一路辉煌。

笔者初来翻译局工作时，东和尔扎布译审已经光荣退休。每每他来局里办事的时候总是忘不了回到他多年奋斗的蒙古语文翻译室，看望年轻的翻译们。2016 年 3 月，笔者特意约了东和尔扎布老师，围绕马列经典著作翻译工作的话题，对他进行了一次访谈。

哈森：东和老师您好！您从内蒙古调到北京从事民族语文翻译工作，对您的人生而言是一个转折点，能否谈谈经过？

东和尔扎布：1975 年，我从内蒙古师范学院教师岗位上调到翻译局，

退休后的东和尔扎布先生

从事蒙古语文翻译工作。从教学转到翻译，又可以说从业余翻译到专职翻译，这确实是我工作上的一个转折点。在大学任教时，我们学院设立蒙古族文学史课，我参与编写函授辅导材料。编写教材，也经常会涉及翻译工作。从 20 世纪 50 年代开始，我也翻译过一些文学作品。1972 年，我被借调到民族出版社，参加马列著作六本书的翻译（《共产党宣言》《法兰西内战》《国家与革命》《反杜林论》等）。这些经历，为之后从事马列著作翻译工作铺垫了一定基础吧。当我完成六本书的翻译工作，回到学校时，大学恢复了教学。但函授大学还没恢复，"文化大革命"后再恢复蒙古族文学史课，内容如何调整，如何给工农兵学员上课教学，都有些迷惘。后来，学校重新安排，结合写作教学，要开设翻译课，试一试。新设的翻译课，就当是实践课，翻译、点评、修改，还是要讲理论，梳理些规律，需要认定一些标准。正当我开始在教学和翻译两门之间摸索的时候，遇到了来翻译局工作的机会。最初是学校人事处告知我中央成立少数民族翻译局的消息，说有意去可报名。我以为又像翻译马列六本书那样，只是借调，就没报名。后来才知道北京来人通过内蒙古党委组织部已经调走几个人。这个时候，民族出版社的同志也来信告诉我正在筹建翻译局，并给我介绍已经调来的人。这样，我就考虑来翻译局了，并跟家人商量。没多久，北京来了两位同志联系调人。由我们学校人事处推荐我去见他们。记得一位是诺力布苏荣同志，他是我在内蒙古人民出版社当编辑时的编辑室主任，他向另一位来人金长峰同志介绍了我的情况，他们得知我爱人在商业单位教蒙古语的情况后，很赞赏，说两人都能搞翻译更好，调去后好安排。

当年10月份下来调令，11月我们就搬到北京安家落户了。当时在"文化大革命"后期，迁移户口，生活安顿，孩子上学，物资供应，办证领票诸多困难的情况下，组织对我们的安置都很优待，我们一家顺利地成为北京人了。工作上，也比较顺利地转变角色，成了一名专职翻译。虽然我翻译过文学作品，也翻译过理论著作，但毕竟是业余的，断断续续的。对理论著作的译者来说，需要具备的不只是两种语言的理解和表达能力，更需要解读理论精神，了解社会背景，掌握文章论以及范畴广泛的知识。所以，与其说我从业余翻译转入职业翻译，不如说从踏进翻译局开始，就进入了又一个学习领域的大学，不得不学，边学边用，为用而学。

哈森：这个转折点，也可以说是您人生的转折点吧。目前，翻译局正在着手翻译新修订的《马克思恩格斯选集》十卷本，对于年轻的译员们来说，马恩文本无论从内容理解上，还是语句结构处理上，都有一定的难度。您作为当时马恩著作翻译小组负责人及译者之一，可否谈谈当时翻译马恩著作的一些情况，给我们传授一下实践经验？可否再回忆一下当时（从事马恩著作翻译时）情形？

东和尔扎布：翻译局要翻译新修订的《马克思恩格斯选集》十卷本，我很高兴。我曾经遗憾过，离休前未能安排马恩全集的翻译。改革开放，进入市场经济后，各项事业活跃发展，但我们马恩著作的翻译却犹豫不决，耽误了这些年。其实，翻译局成立时任务明显表明在"中央马恩著作毛泽东著作民族语文翻译出版局"局名上，当时，根据任务我们分了马恩著作翻译组、列宁著作翻译组、文献翻译组和资料组。马恩著作的翻译，为广大读者提供马列理论的精神食粮，为理论研究、宣传教育工作者提供本民族语文译本，为民族语文的使用和发展开拓了广阔的领域，对整个文化的发展具有重大意义。关于翻译的作用，有个说法，通过翻译，了解另一种语言世界里先进的和光彩的东西，学习和运用一切适合自身的先进事物，促使自身的进步，方可超越。这句话，很有道理，我们要学习人类先进文化、先进事物，首先应该了解它，所以说，翻译很重要。

我们翻译马恩著作是从汉译文转译，是当"二传手"，我们刚开始没有充分认识到这一特殊性。虽然做了一些准备，找了一些参考书，汇集各处注释注解、名词术语对照等材料，甚至厉兵秣马，局里办了一些外语补习班，分头去学英语、德语、日语，但在实际翻译中还是感到力不从心。好在我们这些人中也有懂俄文的，也有早年学过日文的，参考这些文种的译文并借助词典，解决了不少疑难问题。

完成马恩选集四卷本的翻译，已经过去好多年了，回忆起一些体会，也许可供新编选集的翻译参考。十卷一套的选集篇幅浩大，虽然可以参照汉译文的编排体例，但也可以从我们译文的角度做些通盘安排。译文的前后统一，尤其是重要名词术语，包括注释注脚的一致方面，我们当时专门由资料组做了大量工作。有时从资料整理中发现前后不同的问题，对照比较进而修正或选择更准确的词语和句式。由于我们多人分头翻译，初审再审时也不能统一到一人手里，最后终审定稿统一到一人，难免被尚未统一的技术性问题分散精力。这些技术性问题处理不好，会影响译文质量。

我们始终强调译文质量，提高译文水平，需要具体措施来保证，做得好才能提高，才能保证。可是往往也涉及翻译标准问题。虽然实际翻译时不需考虑理论性问题，但译文相对于原文应该达到什么样的程度，总该有个标准。在蒙汉翻译中常常谈论的是"蒙语化"和"汉语词意化"，字面化的翻译和内容化的翻译，进而又产生了"翻译式的语言"等等模糊的说法。翻译界有早期提出的"信、达、雅"等标准，还有"再创作"论什么的。我的体会是，那些标准都是从各自不同的角度，在一定范畴内提出的，都有它的合理性，但不能当作衡量译文的"尺子"来使用。

无论哪种体裁的文章、作品的翻译，只能逐字逐句译过来，这就是语言工程。要说是再创作，好像不符"创"字。至于"信"和"雅"也很难验证。原文雅才能译得雅，原文不雅译成雅就成不"信"，还谈什么"达"呢？还有提法叫"等值翻译"或"等值表达"作为标准。我以为这个标准和我们在实践中要求的准确性、保证质量和水平，比较贴切。把这"等值"的"值"解释为语言表达的内容或内含，把原文作者通过其语言表达的内容，用我们的语文同等有效地表达出来，译文的读者和原文的读者有同样（值）的理解，这就算达到标准。至于读者的感受如何，误读或误解，这与译文的标准无关。

当然，我们在翻译过程中并没有讨论这些问题，但译稿审稿过程中遇到的问题几乎都是跟翻译标准相关的。互相改稿审稿时有的过分强调"蒙语化式"表达，简化些词语，有的强调字词不落地翻译，有的甚至认为"准确的翻译只有一个"，否则就是错或不准确，免不了有些笔墨官司。不过，这样为业务而争论的气氛特别让人进步，经过慢慢磨合，一一解决具体问题，逐渐趋向一致，最后基本形成比较严肃的、严谨的、能够满足读者要求、负责任的工作作风。

从汉译文再翻译经典著作时遇到的又一个问题是，对复杂句的准确理解和表达上，是否保持原文语言风格成了一个难题。马列四卷本汉译文保持原文语言风格和表达形式方面很严肃，很严谨。经典著作的语言逻辑很严密，句子形式比较复杂。应该注意的是概念被译得模糊，发生歧义，模棱两可的问题，这种情况可以考虑长句分解成短句等办法，宁让形式不完美，也要保证内容的准确。马恩著作毕竟是一百多年前写的，尽管他们观察分析和研究的视野阔及古今内外、全世界全人类，但主要是以当时西方资本主义为社会背景，以他们的文化为基础的。我们对社会历史的了解毕竟有限，需要学习了解，边学边用。

哈森：您的这番回忆，既是当时工作的真实记录，更是我们现在的工作中应该借鉴和学习的方式和方法。除了文献翻译、公文翻译，您还翻译了《子夜》《红岩》等大量的文学作品，能否谈谈对文献翻译、公文翻译和文学翻译的不同体会？

东和尔扎布：最初做文学翻译，与我当时的工作有关，由于《内蒙古小学教师》虽然是蒙古文刊物，但要登载汉文文章，需要翻译，开始试手。后来，出版社要出学生课外读物，翻译《宝葫芦的秘密》，书出来后比较受认可。所以，产生兴趣，先后翻译了《子夜》《红岩》《金色的海螺》等书，并和他人合译《红楼梦》等书。所以，对文学翻译和理论翻译，单人作品的翻译和多人合集的翻译之间的差别，真是有所体会和感悟。

文学作品的翻译相对于理论文献公文法律文书的翻译而言，表达语言有一定的灵活性。文学作品是讲故事描述情景的语言艺术，译者应该是最仔细的读者，随着作品故事情节的变化随着作者语言的引领，感受、共鸣，思想会活跃，这就有益于选贴切的语言来对应地表达。理论文章也论述，也有情景描绘等艺术手法，但主要是论述论证概念、定论，还有特定专业性名词术语和公式等。翻译中不时谈论到

蒙古族翻译家东和尔扎布

名词术语问题，这种对特定概念、定义名词的解释、理解和表达中产生的确切与否的问题，确实是理论著作翻译的难点。

哈森：您曾任中国民族语文翻译局蒙古语文翻译室主任，曾组织和管理团队完成了多次重大的翻译任务，培养了不少优秀的翻译人才。能否谈一谈管理好翻译团队的成功经验？

东和尔扎布：翻译局蒙古语文翻译室是一个比较优秀的团体。就说1975年筹建开始调来的同志，都是来自蒙古语文相关工作岗位，都有着参与和兼做翻译工作的实践经验。大家虽然从不同地方不同部门不同单位调来，但都不陌生，都有在学校机关同学共事过的经历，都有安心下来做些事的愿望。当时是"文化大革命"后期，人们的思想还不平静。"文

革"中我们一些人或多或少被冲击挨批判，当时大家难免心存疑虑。可大家来到北京来到翻译局，感受到中央对少数民族语言文字的重视，对我们少数民族知识分子的信任，都很振奋。不久"文革"结束，拨乱反正，我们意识到这里正是以我们的实际工作，纠正对马列主义民族观、党的民族政策的错误认识和错误言行，为读者提供更多的民族文的马恩著作的好时机、好场所。我们的工作能够体现少数民族语言文字按照宪法规定使用和发展的法律地位。这样我们一心一意地投入本职工作，较短的时间内完成了《马克思恩格斯选集》《列宁选集》和我国老一代领导人的一系列文集选集的翻译，随后又翻译完成了《资本论》三卷。

组织翻译，团结协作，发挥每个人的责任感和积极性，发挥各自的才干，这很重要。经过多人翻译、审稿、定稿并核对通读的译文质量，应该达到高于每一个人单独翻译所能达到的质量标准。由于这工作的特性，分工明确，每段工序也有侧重的任务，但不同于流水线上的产品生产；翻译提供了全部译文，随后的一审二审终审都是再加工性的，加工的成果只表现在修改的文字处，但实际上后续的各道工序都要经过不止一次的全文翻译的思维活动，并推敲修改、措辞，连最后的核读通读也都如此。这样做不敢说千锤百炼，也该是再三推敲、精益求精的作品了。若其中发生类似生产队里"吃大锅饭"那种情况，那就达不到上述效果了。所以，作为组织者，高度重视团结合作、齐心协力，最大限度地发挥大家的集体能量问题，这点我有体会，也一贯努力去做，因此可以说，做到了好的力量用到了恰好的地方。

哈森：作为译界前辈，您对民族语文翻译事业的未来以及新一代翻译人员，有哪些期望和嘱咐？

东和尔扎布：民族语文翻译事业有了可喜的发展。首先对翻译的作用，要从实用角度认为翻译是不同民族不同语言之间互相交流、互通思想的桥梁或语言工具等简单认识，进一步认识到翻译对整个民族文化的发展，民族的进步，融入世界社会文化科学进步发展的潮流，具有不可忽略的作用。有一位马列著作的翻译家曾生动地说过，俄国十月革命的炮声一响，给中国送来了马列主义，可其主义本身还是通过语言的翻译才能送到的。确实如此，我们一直在马列主义思想指导下，听了不少，说了不少，做了不少，可马列主义如何形成的，著作有哪些，怎么论述的，读过和研究过的不知有多少人，但是用本民族文字读到的能有多少呢，因为我们至今翻译得还不够多，更不够全。

我们应该回归到中央决定成立中央马列著作毛泽东著作民族语文翻译局时所确定的思想精神，并结合现实发展，放眼世界，看得远些，以民族文化的发展推动社会进步的视野，集中力量翻译马列著作，中央马列编译局多年编译出版汇集的文献中，甚至包含翻译空想社会主义理论等有关科学社会主义经典著作。如同我们的先人从藏文翻译《大藏经》甘珠尔》《丹珠尔》及《四部医典》等著作；从汉文翻译《论语》《孟子》《诗经》《书经》《孝经》到大量古典文学名著；又可上溯到蒙古文文字的创造，回纥文的语言和蒙古语之间应该更早有交流互通的"翻译"过程，因而才有双语兼通的学者，才能用回纥文拼写蒙古文字吧。这些翻译，不仅对当时社会文化的发展，功不可没，还给我们留下宝贵的文化遗产。我们对马列著作的翻译，对现实和未来都会起到重要的作用的。

翻译马列著作，除了懂汉语外应该懂些外语。当年我们翻译马列著作时除了对理论的生疏外，对语言内涵的解读也往往感到力不从心。好在我们有些人掌握一定程度的外语，借助俄文版和日文版的翻译解决了不少难题。最初为应对任务，局里还办了外文补习班，分别学英语、德语和日语。可时间不长，未能坚持下来，效果不大，只对评定职称的外语要求起点作用。现在大学语文专业开设外语课，应该条件好些，考虑长期翻译马列著作，应该规划培养和配备外语人才。

哈森：可否跟我们谈一谈您到翻译局之前的个人成长经历。

东和尔扎布：1933 年，我出生于内蒙古库伦旗一个小村庄，父母都是农民。回忆我个人成长历程，简单概括就是学习和工作，学用一条线，学一点用一点，为用而学，求学的路也不算平坦，工作比较早，学习基础薄弱。小学没毕业，读到"伪满洲国"小学优级二年时，日本战败，"伪满洲国"灭亡，学校解散，回家学农两年。上公办小学前上过私塾，学习蒙古文一年左右，学农期间农闲时又上私塾学汉文一年左右，汉文就是在这段私塾学习的基础上一步步自学的。读蒙古文私塾时没学汉文，但教学比较特殊，除了蒙古文字母表《阿巴哈》以外，《三字经》《明贤集》的课本都是"汉"蒙对照的，如前一行"人之初，性本善"是蒙古文拼写的汉语，后一行是蒙古语译文，就像是《蒙古秘史》用汉文注音蒙古语的那种文本。老先生虽然没教汉文，也不讲解汉文词意，照念照背，但这种源自《蒙古秘史》的用一种文字写两种语言的读本供学子读史读书的双语教学方法，应该是启蒙翻译意识的一种教育吧。

内蒙古解放早，1947年当地办教育，被村里派遣到旗里受培训一个月就回村当了小学教师，后调到库伦旗实验小学；1956年调到内蒙古人民出版社任《内蒙古小学教师》蒙古文月刊编辑一年多；1957年考入内蒙古大学中文系蒙古语专业，学一年后，被留校任教；1963年调到内蒙古师范学院直到1975年来翻译局。

比起我的求学之路，我的就业工作之路还比较平坦，这就是我说的好时运，小学还没毕业就当了小学老师，因为当时当地村里除了同我一起上学的少数几个人外没有识字的人，所以我是从小山村走出来当老师的。从乡村小学调到旗实验小学，我自己也不清楚如何被领导看上的。而调到呼和浩特市去当编辑时，连去那儿做什么都不清楚，听校领导通知接调令，开介绍信，到通辽东部区文教处后，被告知换个介绍信，去内蒙古自治区文教厅报到。去了人家还不知我这个调动情况，让我到呼伦路蒙古族小学待一宿，第二天又叫回去，说是半年多前发的商调函一时没查到调人记录，又介绍到出版社，出版社教科书编辑室的主任接收了我，安排在刊物编辑组长领导下工作，随后发了助理编辑的工作证。

在出版社工作一年后，遇到了学习的机会。1975年考入内蒙古大学蒙古语言文学专业，一年后被留校任教，最初是以勤工俭学的名义，可随班听课并备课，不久拿到了助理教师的工作证。参加大学考试，拿到录取通知书，报到上学……随后的人事变动，怎么考核怎么审查的我都不知道，就是一再服从领导听从安排；唯有一次，从内蒙古大学调到内蒙古师范学院时我有点不愿意。但是人事处长说，应由组织决定，个人要服从组织。

哈森：听了很有感慨，前辈们这一路走来，任何时候"服从组织"的精神是可歌可泣的。感谢您今天讲了这么多掏心窝的话，作为晚辈，我受益匪浅。我们年轻的一代民族语文翻译工作者会在先辈打下的坚实基础上，秉承前辈无私奉献的敬业精神，去开创新的光辉业绩。再次衷心感谢您接受我的采访，谢谢！

2016 年 3 月 25 日　北京海淀

柯尔克孜族翻译家阿地里·居玛吐尔地与《玛纳斯》

史诗是一种文化，更是一种艺术，它反映着史诗所记载的古老年代的生活，堪称那个族群的百科全书，也可以说是那个族群血脉里延续千年的精神气质。早在初中的语文课上学到中国少数民族三大英雄史诗为蒙古族的《江格尔》、藏族的《格萨尔》、柯尔克孜族的《玛纳斯》，我很骄傲自己属于有史诗的族群。后来，我认识了很多格萨尔的后裔——藏族朋友，在他们的身上，除了浓浓的佛教色彩，也读到了史诗族群所具有的精神风貌。

柯尔克孜，除了《玛纳斯》这个符号，我对它一直一无所知，直到认识阿地里·居玛吐尔地（以下简称阿地里）先生，他为我打开了一个了解柯尔克孜族群的神秘窗口。更为令人惊喜的是，他还是《玛纳斯》史诗第一部汉译本的译者。自从 2015 年冬天由北大陈岗龙先生引荐之后，我和阿地里先生身在同城却因各种忙碌一直未能面见，但我们之间关于《玛纳斯》、关于柯尔克孜族、关于翻译的话题从未间断。

哈森：阿地里先生您好！ 2015 年底国家新闻出版广电总局发布了第一批"中华优秀文化普及读物推荐书目"86 种，您翻译的柯尔克孜族英雄史诗《玛纳斯》第一部从一千多种著作中脱颖而出，赫然其中，再一次证明《玛纳斯》不愧是柯尔克孜族人民口头文学的巅峰之作，同时也是中华民族优秀的文化遗产。您是这部作品的汉文翻译者，在此，向您表示祝贺。读您翻译的《玛纳斯》，序诗部分即词汇华丽、气势宏伟，带我进入了荡人心魄的史诗氛围里。

> ……先辈留下的优美诗歌，
> 代代相传到了今天。
> 假若不唱这英雄的赞歌，
> 怎能解除心中的苦闷？
> 先辈的英雄故事，
> 只要唱起来就会喷涌而出，
> 现在不唱更待何时？
>
> 它是我们祖先传下的语言，
> 它是战胜一切的英雄语言；
> 它是难以比拟的宏伟语言，
> 它是繁花似锦的隽永语言；
> 它是我先辈代代相传的语言，
> 它是后人荟萃的精美语言；
> 它是如种子般繁衍的语言，
> 它是让人们倾慕敬仰的语言；
> 它是我们代代相传的语言，
> 它是我们辈辈相继的语言；
> 它是先辈讲述的语言，
> 它是后人不断精雕细琢的语言；
> 无论走过多少世纪，
> 它是与我们同生共死的语言。
> 它是超越宇宙的伟大语言，

　　它是比空中的太阳还要耀眼的语言，

　　它是比月亮更加明媚的语言；

　　它是滔滔不绝演唱不尽的语言，

　　它是绵延不断走向新生的语言。

　　从那个时代到今天，

　　不知生活了多少代人，

　　从古至今不知流失了多少岁月。

　　骑着大象的勇士消失了，

　　臂力超群的英雄逝去了，

　　被人们永远怀念的，

　　像玛纳斯那样的英雄却没有出现。

　　——《玛纳斯》序诗一开头，便对柯尔克孜语言进行了如此浩大的比喻，那么，请给我们描述一下您的柯尔克孜故乡吧！您是母语授课生吗？在您的成长道路上母语起到了怎样的作用？

　　阿地里：我的故乡位于天山最高峰托木尔峰往西延伸的重峦叠嶂之中的喀克夏勒山谷，即新疆西部山区的小县城阿合奇县。覆盖天山山脉的冰雪融化之后，万条山间小溪汇聚而成的美丽的托什干河从县城中间穿过，然后一直向东汇入新疆母亲河塔里木河，成为塔里木河的主要河源。虽说，阿合奇县城居于祖国的西部边境偏僻的高山谷地之中，但是阿合奇有三个"荣耀"，让这里的人们为之自豪。第一，它是古代丝绸之路上的一个重要关隘，正好位于阿合奇县境内的别迭里山口。当时这个山隘叫凌山，曾是玄奘取经去往中亚的路径。这里出土的很多文物也证明这里的古老历史和文化渊源。第二，坐落在古丝绸之路上的这个古代驿站，也成为英雄史诗《玛纳斯》的主人公玛纳斯远征凯旋搭帐驻扎之地，并且留在了很多与英雄史诗相关的古代遗迹和说不尽的英雄传说之中。第三，21世纪被国内外学术界誉为"活着的荷马"的《玛纳斯》演唱大师，柯尔克孜族人民的当代文化英雄居素普·玛玛依生长在这里，并且用自己的歌喉使传唱千年的英雄史诗走向了世界。也就是说，阿合奇县不仅有柯尔克孜族古老的历史文化渊源地，不仅保存了比较纯正的柯尔克孜语和民间文化，而且保存了柯尔克孜族古老的口传文化的精华。阿合奇县今天的总人口五万多，百分之九十以上是柯尔克孜族。上小学时，我虽然遵从父命进入汉语授课学校读书，但毕竟生活在母语环境中，母语，可以说是我无师自通的语言。高中时代开始，我自学母语文字，慢慢熟悉掌握了母语文字，之后的岁月里大量阅读了本民族母语文学的经典，对于母语的疯狂热爱至今有增

柯尔克孜族翻译家阿地里·居玛吐尔地

无减。母语阅读不仅为我打开了另一扇了解世界的窗口，而且使我对本民族的文化生活、民间习俗、口头文化传统有了更加深刻的认识和理解，使我受益匪浅。柯尔克孜族有这样一种说法，那就是母语如同母亲的乳汁一样，是一个人绝对不能缺失的精神食粮。母语就像先辈的血脉一样延续至今，让我们敬仰，让我们亲近，让我们自豪。母语，是神圣的。

哈森：是的，母语是神圣的，您说得真好。您参与承担了《玛纳斯》史诗的翻译工作，能否给我们讲一讲您对《玛纳斯》翻译工作价值的认识，翻译中遇到的难题，解决的过程和方法是什么？翻译这个古老的史诗，其过程中一定也有不少帮助过您的人，能否跟我们聊一聊这方面的话题？

阿地里：21世纪初，我承担了《玛纳斯》史诗第一部《玛纳斯》54000行，第七部《索姆比莱克》15000行，第八部《奇格泰》12300行的翻译任务。这次翻译要求逐行逐字进行翻译，不能有修改删减。需要译者不仅要有娴熟的汉文诗歌语言的功底，而且还要深谙柯尔克孜语古代和近现代语言的语义学内涵、各种复杂的语境关联性和历史语言学含义，并且要对史诗所蕴含的柯尔克孜族历史文化、民族民俗、天文地理，甚至古代军事、医药、动植物、农牧业生产和用具、手工技艺和生活用具、各类物质文化遗产等都要有深刻的理解并且能够加以阐释。在这种考验

和挑战面前，我并没有退缩。也许是一种对祖先文化的敬仰之心和神圣使命感、责任感给了我勇气和力量；也许是我从小对诗歌的热爱，以及后来尝试的汉文诗歌创作经验给了我最大的信心和动力。我知道，《玛纳斯》史诗开始在国际上得到记录和翻译已经过了一个半世纪，而我国的《玛纳斯》翻译却断断续续，始终没有一个比较完整的译文与汉文读者见面。这是我们柯尔克孜族最优秀的文化遗产的悲哀，也是我国多民族文化园地中的一大憾事。于是，我毅然决然地肩负起翻译工作，以神圣的使命感和责任感，投入自己最大的热情，开始了夜以继日、如饥似渴、争分夺秒的史诗翻译工作，这种着魔般的翻译状态一直到完成这个洋洋五万多行史诗杰作的第一部时才有所放松。可以说，为了《玛纳斯》，我把自己的黑头发都熬白了。2009 年，大 36 开本，装帧精美的四卷《玛纳斯》史诗第一部全译本经过专家审定，正式由新疆人民出版社出版并得到各民族专家学者、各民族读者的高度认可。对我来说，这是一种莫大的欣慰。当时，捧着自己翻译的《玛纳斯》史诗，一种无法言说的激动涌上心头，那种感觉至今记忆犹新。目前，由我翻译完成的史诗第七部、第八部正在审定过程中，不久的将来会与读者见面。

在翻译过程中，我国 21 世纪的"荷马"、中国民间文艺家协会"山花奖"终身成就奖获得者，吉尔吉斯共和国《玛纳斯》一级金质奖章获得者——《玛纳斯》演唱大师居素普·玛玛依老人成了我最好的老师。我的爱人托汗·依萨克是老人的孙侄女，也是我多年的生活伴侣和学术合作者。应了柯尔克孜语中的一句俗语"女婿老了就变成外甥了"。作为大师的孙侄女婿，我与老人是多年的邻居，也曾有幸照顾过老人一段时间，与他建立了深厚的感情。每每遇到词典中都没法找到的一些古老词语、特殊名词时，我都会求教于这位白须飘飘似神仙、满腹经纶的老人。我的求教电话向来是不择时间，随时就打的，有时候一天会打过去很多次。老人虽然年过九旬，但思维敏捷，有问必答，给我解释得清清楚楚，于是很多问题就迎刃而解了。

其他问题，比如与史诗中古老的柯尔克孜语如何对应，并能够准确找到表达其含义的汉语词汇，在翻译过程中只能借助词典。这个时候《词

阿地里·居玛吐尔地和《玛纳斯》演唱大师居素普·玛玛依老人

源》《现代汉语词典》《同义词词林》等工具书中丰富的汉文化词汇就成了我完成这项使命的法宝。而对诗歌语言的把握，对于柯尔克孜诗歌的韵律、音律、节奏调式的把握和运用则只能体现在个人对于诗歌的理解、把握上了。

哈森：您本身是一位诗人，所以翻译史诗时，诗歌语言应该是"现成"的、自然流淌的。我接下来要请教的问题，也是我一直探寻的问题。文学翻译中，文化的互译方面您遇到过怎样的困难或疑惑？汉柯两种文化的差异对文学翻译的障碍有哪些？您是怎样克服的？

阿地里：我认为文学翻译顾名思义有两种含义，即它是翻译，但它同时是文学。"信、达、雅"是文学翻译的一个境界。在文学翻译中，有两种翻译策略，一个是文化翻译，一个是迂回的文学创新翻译。前者重视原始文本中的文化因素，以此来表明民族之间语言与文化的差异性和译出语的特殊性，那么译者必须以音译方式保留原文本的独有音韵、古词、原型及其独特文化艺术特征，通过注释等手段给译文附加很多文化因素，尽可能更多地传达出原文的深刻文化内涵，而后者则是翻译者采用的一种归化策略，更加注重译文读者的快感和感受，尽量用译入语的音韵词语消弭译出语的独特性，让读者在最接近译入语的氛围中较为轻松地感受作品的思想内涵。无疑，这会丢失原文中所蕴含的民族文化基因。

柯尔克孜族是古老的草原游牧民族，其语言中保留着丰富的游牧文化词汇，尤其是描绘美好大自然的独特视角的丰富词汇，对于骏马、牲畜的体态、行为、颜色以及毡房结构、陈设的描述，对于古代柯尔克孜族衣食住行的描述等都凸显了柯尔克孜民族古老文化的元素。比如，《玛

《玛纳斯》四卷本

纳斯》史诗中以玛纳斯为首的英雄群体中的每一位成员都有一匹与他们生命攸关，帮助他们出生入死，征战东西的著名坐骑。而这些坐骑每一匹都有一个响亮的名字。另外还有英雄独用的战刀、战斧等武器装备。玛纳斯的坐骑阿克库拉是一匹浅白色的高头大马，而他所使用的武器是阿依巴勒塔月牙战斧、色尔纳伊扎长矛和阿克凯勒铁神枪，身上穿的是阿克奥乐波克战袍。如果在翻译时将这些特殊的物品直译出来，那就缺失了柯尔克孜族语言文化的神韵和深刻内涵。所以，只能音译加注释。而一般的动植物或其他物品如毡房陈设就要尽量地找到汉文对应词，将其翻译出来。

《玛纳斯》是柯尔克孜族人民千百年来世代传承和口头加工的文学杰作，其中蕴含了古代柯尔克孜族源远流长的历史文化传统，堪称是柯尔克孜族历史、文化、语言、艺术、哲学、美学、地理、医学、军事、经济、社会、民俗的百科全书，而且完全是用纯韵文的形式演唱和流传，如果全心全意地顾忌译文读者兴趣而丢失其深厚的文化底蕴，那么对柯尔克孜人民来说是莫大的损失。反之，同样也会使译文读者的阅读兴趣

大打折扣。为了达到两全其美而冥思苦想，备受煎熬的感觉确实无法用语言形容。所以说，《玛纳斯》的翻译对我来说是一种从未有过的体验和感受。翻译过程中，既要忍受忍痛割爱的悲苦，亦在行云流水般优美的语词和韵律中享受文学的魅力，并在这两种感觉中不断激发起自己的热情。也就是说，既要对得起柯尔克孜族这部伟大而神圣的旷世之作，也要考虑激发起译文读者的阅读情趣和对兄弟民族文化的热爱之情。要做到这一点，并不是那么容易。译者需要让自己的思想在两者之间游刃有余地穿梭、跳跃，保持一种内在的平衡。

哈森：文学翻译是艰辛的付出，更是美好的享受。我个人觉得，当译者进入第二种境界时，所有的辛苦就算不得什么了。听说，您除了翻译《玛纳斯》史诗之外，还翻译过不少母语文学作品，我们也想了解一下您在翻译方面的其他成就。

阿地里：您说得对。我从 20 世纪 80 年代开始从事文学翻译工作。除了《玛纳斯》史诗之外，还曾翻译出版或发表过《艾尔托什托克》《女英雄萨依卡丽》《巴额西》《托勒托依》等柯尔克孜族英雄史诗。还译过我国柯尔克孜族、哈萨克族以及吉尔吉斯斯坦、俄罗斯作家诗人以及学者的作品和学术文章。比如，艾特玛托夫（吉尔吉斯斯坦）、捷尼舍夫（苏联）、拉德洛夫（俄罗斯）等国外作者的作品以及夏姆斯·库马尔、玛姆别特阿散·叶尔戈、艾斯别克·阿布罕、吐尔干拜·克利奇别克等国内少数民族著名作家、诗人的小说、诗歌等文学作品 100 余篇（首），累计约 100 多万字，散见于《民族文学》《民族作家》《西部》及国内其他各类报刊，其中有一些译文被收入各类有影响的文集中，有一些还通过本人的译文被翻译成日文等外国文字，在国内外产生了一定影响。此外，我还翻译出版了不少国内外学术论文和著作，其中较有代表性的有从英文翻译的德国著名史诗专家卡尔·赖希尔著作《突厥语民族口头史诗：传统、形式和诗歌结构》以及我国学者曼拜特·吐尔地的《柯尔克孜族文学史》等。

哈森：真是硕果累累啊！作为译者，我能体会其中的乐趣和辛苦。那么，请您给我们介绍一下目前柯尔克孜族文学经典译介情况，翻译家队伍情况，母语文学创作情况吧。

阿地里：柯尔克孜族是一个诗歌的民族和口头史诗的民族。到目前为止发现并得到搜集的柯尔克孜族史诗类作品就多达近百部。不过，作为代表作的《玛纳斯》史诗还没有完全翻译出版。其他史诗还无从说起。《玛纳斯》对于柯尔克孜族口头文化而言犹如一轮辉煌的太阳光芒四射，其耀眼的光芒使其他很多优秀的文化遗产无形中逊色了一些，但对此我们并不遗憾。对于作家的经典代表作而言，我从 20 世纪 80 年代开始陆续翻译发表过新中国成立后脱颖而出的一部分柯尔克孜族代表性作家、诗人的作品，累计达数十万字。目前在柯尔克孜族母语文学翻译方面可以说后继乏人。要说起近年译著不断的翻译家，只有在新疆人大常委会供职的，已年过半百的翻译家巴哈提·阿曼别克等少数几个人。因此，我国柯尔克孜族母语文学的翻译完全处于停滞不前的状态。培养优秀的双语人才是时代的需要和我们的任务。就目前柯尔克孜族母语文学而言，国内有两个母语文学刊物《新疆柯尔克孜族文学》和《克孜勒苏文学》值得一提。这两个刊物都是国家扶持的国内外发行的正式文学刊物，都从 20 世纪 80 年代初创刊出版发行，培养了一大批老中青作家、诗人，有一些老一代诗人、作家不仅在国内产生了一定影响，在中亚也产生了一定影响。目前，中青年作家、诗人的创作发展良好，但是不得不承认，还没有出现在国内外产生重大影响的大作家和诗人。当然，这在一定程度上与文学翻译的滞后也不无关系。

哈森：只要有像您这样执着坚守阵地的人，一切都会好起来的。接下来，请您谈一谈民族翻译对民族文化的作用，柯尔克孜语作为跨境语言，在中吉两国的文化、文学、艺术交流上一定有着不可估量的作用，就文学翻译而言，有哪些作家和作品，能否为我们推荐？

阿地里：从古至今，翻译是语言的桥梁和纽带。没有翻译就没有世界的沟通和交流。翻译是文化交流的命脉。吉尔吉斯斯坦名扬世界的著名作家艾特玛托夫的著作通过翻译已被我国读者所熟知，并且对我国很多作家的创作产生了深刻影响。他是柯尔克孜人的骄傲。我国读者通过翻译感受到了他作品的魅力，了解到他深具思想性的一大批优秀著作，可见翻译的魅力之神奇。除了艾特玛托夫之外，其实像托合托古勒·萨特勒甘诺夫、阿勒库勒·奥斯曼诺夫、托格勒拜·斯德克别考夫、阿勒·托坤白耶夫、托略干·卡斯穆别考夫等人都是 20 世纪名扬世界的大文豪。而这些诗人和作家们的作品，对于我国读者而言都是非常陌生的。因此，文学和文化的翻译必将是未来交流最重要的渠道，也是亟待翻译工作者们去完成的神圣使命。尤其是在"一带一路"宏伟战略的推进过程中，翻译必将起到它无法估量的促进作用。

一席对话之后，我想向读者揭开庐山真面目，详细介绍本次受访对象阿地里先生：

阿地里·居玛吐尔地（又写阿地力·朱玛吐尔地），柯尔克孜族，1964 年出生于新疆阿合奇县，中国社会科学院文学博士（2004 年），中央民族大学语文学博士后（2009 年）。现为中国社会科学院民族文学研究所北方室主任，研究员；中国社会科学院研究生院教授，博士生导师；中国社会科学院民族文学研究所学术委员会、职称评定委员会委员。在国内外用多种文字出版和发表著作、论文、译著数十种，主要研究方向为英雄史诗《玛纳斯》、柯尔克孜族民间文化、突厥语民族口头传统、中亚文学等；主持和参与十多个国家级、省部级科研项目。目前担任中国社科基金重大招标项目"柯尔克孜族百科全书《玛纳斯》综合研究"首席专家；中国社会科学院民族文学所创新工程重大项目"少数民族作家文学与口头传统"首席专家，兼任中央民族大学特聘教授，四川大学少数民族文化凝聚创新发展中心特聘教授，吉尔吉斯斯坦国立伊先阿勒·阿拉巴耶夫大学荣誉教授。1999 年荣获全国少数民族文学"骏马奖"翻译奖；2004 年、2007 年两度获得中国文联、中国民协"山花奖"学术著作一等奖，中国社会科学院民族文学所科研成果一等奖等。

……

2016 年 3 月 11 日　北京海淀

访朝鲜语文翻译领军人才——金英镐

国家民委创新团队、领军人才、中青年英才项目是《国家民委中长期人才发展规划（2011 — 2020 年）》重点实施的人才项目，旨在紧紧围绕民族工作的新形势新任务，繁荣发展民族特色优势学科，提升国家民委人才科技创新能力，努力造就一批高水平学科领军人才和创新团队，加大对优秀青年人才的选拔培养和资助力度，增强人才队伍的发展潜力和活力，不断促进国家民委人才发展、增强人才竞争力、发挥人才作用。2013 年 9 月，国家民委召开首批创新团队、领军人才、中青年英才项目评审会，经单位推荐、资格审查、评委会评审等程序，在 116 个申报项目中评选出 4 支创新团队和 20 名领军人才、40 名中青年英才人选。这 20 位领军人才中，就有金英镐同志。

今天我约了我的老同事，现任中国民族语文翻译局副局长的金英镐同志，请他谈一谈一位从东北牡丹江走出来的朝鲜族青年，在民族语文翻译事业的道路上一路收获的故事。

哈森：记得 1996 年，您被任命为朝鲜语文翻译室副主任。听说，当时您才 31 岁，算是翻译局最年轻的处级干部。自 2001 年开始，您又

朝鲜族翻译家金英镐

担任了长达 13 年的朝鲜语文翻译室主任。2013 年，您入选"国家民委领军人才计划"；2014 年，您经过国家民委的考核，升任为中国民族语文翻译局副局长。您用扎实的业务能力一步一个脚印，可以说您就是励志年轻一代的榜样。那么，能否跟我们分享一下您的成才经历？

金英镐：励志年轻一代不敢当，在业务上一步一个脚印倒是真的。我的成长经历没什么特别的，就是从小特别好学，求学之路也很顺利。1964 年，我出生于黑龙江牡丹江郊区的农村，父亲是供销社职员，母亲是农民，家境还可以。我在农村上的小学，是在林彪垮台之后。后来，就读于牡丹江朝鲜族中学，是在粉碎"四人帮"之后，都赶上好时候了。我是母语授课生，直到小学三年级加设汉语课程，我才开始学汉语。我们上小学那会儿，教育环境好，老师们都很负责。我呢，从小就是学习非常认真、比较听话的孩子，学习成绩一直都很好。中学时，我是我们那个年级入团最早的一个。

上中学时，全社会掀起了学习《毛泽东选集》的热潮，我也经常读《毛泽东选集》。还记得，有一本是 1977 年出的第五卷本的朝文版，其中《为人民服务》《中国人民站起来了》等文章，我非常喜欢。有了少年时期的真热爱，1976年我就当上了红卫兵；1977年作为《毛泽东选集》学习标兵，参加了牡丹江团市委举行的表彰大会，同年还光荣地加入了中国共产主义青年团。

高考那年，是1981年，改革开放的头几年，大家都向往新气象，受外部大环境的影响，我志愿报考外语专业。遗憾的是，当时没考上我报的日语专业，而考上了延边大学语文系汉语专业。

1984年上大学的时候，学校安排我们去延边军分区《东北民兵》杂志社实习。当时，中央民族语文翻译局翻译的有关党代会的文章发表在该杂志社的刊物上。通过那些稿件，我最初接触、学习到了翻译，也第一次听到了翻译局这一名称。当时，崔兴寿主编、崔石柱副主编教了我们很多与翻译相关的知识。直到现在我跟他们也有联络，还经常邀请他们参加我们局里组织的翻译专家会。可以说，他们是我的翻译启蒙老师。

大学期间，我们专业的学生专攻汉朝语言对比学习，毕业后一般会被分配到朝鲜族学校当老师。我毕业的那年，中央民族语文翻译局到延边去招聘。据说，翻译局起初是想招政治专业的毕业生，为的是有助于翻译马恩著作和法律汇编，结果没有找到会汉朝翻译的合适人选，就把招聘范围扩大到朝语专业和汉语专业。当时报名的人不少，我比较幸运，和一个朝语专业毕业生一起被选中了。

我刚来到翻译局时，朝鲜语文翻译室主任是崔德嶂老师，他对我们手把手的教导，真是让我终生难忘。每天下班后，他都会给我们几个年轻人上课。办公室里摆放一个黑板，他写上中文，我们在底下翻译成朝鲜文，然后，他再当场给我们一一修改分析，每天晚上2~3个小时，一天都不间断，上了整整三个多月，这三个多月让我们年轻人在业务上有了很大的提高。记得他当时给我们讲翻译时，列举的大多是《毛泽东选集》《朱德选集》里有代表性的语句，至今记忆深刻。后来，我自己带队伍时，效仿崔德嶂主任传帮带的作风，虽然做不到每天加班上课，但是通过稿件的反复修改，告诉他们为什么这么改，翻译时应该注意什么……

1992 年，中韩两国建交之后，伴随两国间经济贸易交往的频繁，市场经济诱惑力的增加，在翻译局这个清水衙门工作的人们都待不住了，有的下海经商，有的出国……在这样的冲击下，翻译局的业务也严重萎缩。我一度动摇过，在外兼职当过翻译、当过导游，但最终还是认为翻译局的业务岗位让我更安心、更踏实，更能给我一种归属感和价值的体现。

1996 年，局里任命我担任朝鲜语文室副主任，那年我才 31 岁，当时来说是有点年轻，我也感到肩负的压力很大。但是正因为年轻，冲劲干劲十足，明知山有虎，偏向虎山行。当了副主任之后，我在业务方面更加努力学习，同时还协助主任做了不少管理协调工作。这一干就在翻译局干到现在……

每当回想起 30 多年来的翻译工作经历，我有一种体会：感觉前十年只是处理字词翻译的基础阶段，在这个阶段，翻译对我而言是一个工作概念；中间十年是处理词汇和句子翻译的成长阶段，在这个阶段，翻译对我而言是一个"职业"概念；后十年才算是真正做到文章翻译的成熟阶段。字词的翻译是比较容易做到的，何况现在市面上有各种字典、词典，加上网络查询这么方便。词汇和句子的翻译，是相对容易做到的，一般有双语能力的人，都能比较通顺地翻译一些词汇和句子。然而，真正翻译好一篇文章，是需要吃透它的。从它的内容含义、精神实质、语法结构、逻辑关系到感情色彩，都需要翻译得精确、精准、精致。咱们不说文学作品，就是公文，它也是带着拟稿人倾注的心血的，所以我们一定要对翻译文本怀着敬畏之心，这样才能翻译好一篇文章、一部经典……而这后来的十年里，我把翻译视作了我将终生为之奋斗的事业。

哈森：除了《中华人民共和国法律汇编》《中华人民共和国司法解释全书》等中国民族语文翻译局计划内的翻译任务之外，您提议并组织完成了《汉朝法律法规对照文本》以及一系列法律文书的朝鲜文翻译工作，填补了新中国成立以来大型法律法规没有汉朝对照版的空白，推动了民族地区社会主义法制进程，为民族地区普法工作的开展做出了重要贡献。可否谈一谈是什么触动您去做这一项工作？组织实施这项工作过程中有哪些困难？您是如何克服并处理的？当您把这些书籍送到朝鲜族聚居区之后，有怎样的反响？这些法律翻译成果在哪些领域发挥了作用？

金英镐：记得那是 1998 年，我带队到吉林省延边朝鲜族自治州调研，发现随着朝鲜族群众法制意识逐渐增强，他们迫切需要一本全面系统、方便实用的汉朝法律法规对照文本，于是我就萌生了翻译出版《汉朝法律法规汇编》（对照文本）的念头。

经过审慎思考，我决定调动朝鲜语文室所有力量，编译一本汉朝法律法规对照文本。我这个提议得到了文室其他人员的积极响应，也得到了延边州政协的资金支持。2006 年，我开始着手这项工作的筹备和策划。

尽管中国民族语文翻译局每年都翻译《法律汇编》，但对法律法规进行双语对照版的汇编，朝鲜语文应该还是头一个。我们以《国家司法考试法律法规汇编》为蓝本，搜集了各个领域的汉语法律法规条文文本，参考以前翻译成朝鲜语的法律法规文本，边搜集边翻译。经过一点一滴地搜集，一字一句地翻译，一番又一番地推敲，2008 年至 2009 年间，《汉朝法律法规汇编》（以下简称《汇编》）（上册、下册）终于顺利出版。作为对照版的翻译作品，《汇编》最大的特点是实用、方便、全面、准确。左边页是汉语版的法律法规条文，右边页是对应的朝鲜语翻译，读者查阅起来一目了然。《汇编》初版 2000 余册，全部赠送到民族地区。这套《汇编》最大的受益者可谓是法律工作者、翻译工作者和教学工作者，《汇编》的出版得到了包括他们在内的社会各界的良好反响。紧接着，《中华人民共和国法律对照本》（丛书）《汉朝经济法律汇编》等先后问世，与《汉朝法律法规汇编》一道，填补了新中国成立以来大型法律法规没有汉朝对照版的空白，推动了民族地区社会主义法制进程，可以说为民族地区普法工作的开展做出了积极贡献吧。这些法律翻译成果的出版，给国内公检法司部门、韩国在华投资企业及法律工作者们都提供了权威的双语工具书，给广大群众送去了捍卫自己权利的法宝，给翻译教育、研究部门提供了研究文本，为信息化语料库建设打下了良好的基础。

可以说，少数民族群众的期盼，一直是我开展工作的最大动力。为

金英镐在"全国朝鲜语翻译骨干培训班"上讲课

了让自己所从事的工作最大限度地服务于社会，服务于基层的少数民族同胞，根据翻译局党委的安排，我多次去东北三省、山东沿海等朝鲜族群众较多的地区深入调研，深入当地翻译机构、广电新闻出版单位、学校，以及韩国企业，了解朝鲜语文的翻译和使用情况，了解基层群众最需要的读物，并有针对性地开展送书下乡活动。我了解到，朝鲜语文室翻译的民族文版《资本论》《中华人民共和国法律释义系列图书》等作品在民族地区广受欢迎，同时，各地相关部门和少数民族群众希望我们能提供更多更好的作品。我觉得我们的辛苦付出是值得的，我感到欣慰的同时，也深感自己肩上的担子变得愈加沉重。

哈森：法律只有为我国广大的各族人民群众所掌握，我们才能很好地实施依法治国的基本方略，才能进一步加强社会主义法制建设，把我们的国家建设成文明、富强的社会主义法治国家。多年以来，工作或业余时间，您从事过很多相关法律法规的翻译。您认为法律法规翻译的特点和难点是什么？能否传授一下经验？

金英镐：我认为法律文本是所有文本里最为严肃严谨的一种文本。

法律翻译重点解决两个层面的问题：一是语文层面的问题，二是专业层面的问题。从语文层面来说，法律文本的语法结构比较复杂，逻辑特别严谨，法律翻译必须有严谨的逻辑思维，能够准确解构文本的结构。从专业层面来说，法律翻译要有法律方面的专业知识，否则难以准确理解原文，也难以准确地表达出来。

法律文本涉及权利义务关系，产生法律效力，具有法律后果，翻译时务必要忠于原文，不可走样，稍有一点不准确，都有可能导致不良后果。翻译法律文本，主要采用直译的译法，但并不排除意译的译法。翻译法律文本，要在忠实于原文的前提下，应尽量做到通顺、流畅、明白、易懂。翻译法律文本，文字叙述要准确，但是在某些情况下，由于特殊的原因，也会根据原文有意翻译得模棱两可。例如：有的文本是折中妥协的产物，为了使各类群体都能接受，有的部分就不能写得太明确，翻译时也要注意。

法律文本翻译要求完整，也就是说不仅不能错，而且不能删减。法律文本翻译不同于创作，不允许译者有自己的机动性。法律文本翻译要使用专业术语，而且要准确地使用专业术语。如何准确地使用专业术语对于译者来说也是一个难题，因为朝鲜语的法律词汇不够丰富，按照国内朝鲜语习惯造词较难，也容易产生歧义。因此，找不到恰当的词汇时，我们只好借助外来语，比如韩语、英语。不得不说，韩国的法律文本对于我们有很大的参考价值。借用韩语术语有一个好处，就是益于统一规范，益于走向国际化。

哈森：朝鲜语是跨境语言。缘于各种外在因素，国内朝鲜族和韩国、朝鲜的朝鲜族的语言，在使用和表达上是否有所不同？面对不同受众，翻译文本的相差如何？能否跟我们介绍一下您作为这个行业的领军人才，在中韩朝三个国家跨境语言调查和交流方面的情况？

金英镐：韩语、朝鲜语两种译本，在表达习惯和术语上有一些区分，不过总体差异不超过10%。我们每年的全国两会文件，还有党代会文件都是要做两个版本的翻译，我们先按照国内朝鲜语文的习惯翻译，再将它转换为符合韩语习惯的文本。

进入新世纪以来，翻译局根据工作需要曾三次组织人员前往朝鲜和韩国开展跨境语言调查，并同韩国国立国语院、文学翻译院、外国语大学，以及朝鲜的金日成综合大学、朝鲜外文出版社、朝鲜百科词典出版社等多家机构建立了良好的业务合作关系。

我们做《汉朝法律法规对照文本》翻译的时候，有大量的国际法，如国际私法、国际经济法等等，术语方面的难度大，就借鉴了韩国的法律文本。

我们现在正在集中精力搞新修订的《马克思恩格斯文集》十卷本的翻译，就我们局内的翻译力量，在短期内拿下这十本书的翻译还是有一定难度的。可以说，朝鲜是世界上马恩著作翻译文本最全、译文最准、经验最丰富的一个国家。所以，在翻译《马克思恩格斯文集》的时候，我们大量借鉴了他们的译本，同时还跟朝鲜的有关机构合作，顺利完成了十卷本的翻译工作。在翻译局蒙古、藏、维吾尔、哈萨克、朝鲜、彝、壮七个语种里，我们朝鲜语文翻译室最早最快完成了马恩十卷本的翻译。

哈森：您曾任朝鲜语文翻译室主任13年，您的团队相对年轻化，充满朝气和活力。您是怎样让年轻的翻译人员迅速成长，担当重任的？在朝鲜语翻译人才方面，您做了大量的工作，能否聊一聊这方面的情况？

金英镐：2001年，我接任朝鲜语文翻译室主任时，退休的退休，出国的出国，翻译人员才14位，年轻人也不多，队伍有点断档。我上任后，为了加强翻译力量，招收了一些高校硕士以上学历的毕业生，在我手把手的带领下，这些年轻人已经迅速成长，成了能担任审定稿任务、独当一面的翻译中坚力量了。

带队伍，遇到的问题也不少，毕竟每个人的个性不同，思考问题的角度不同，但是只要怀有一颗公正公平的心，问题总会迎刃而解的。

2011年开始，我们翻译局与东三省朝三协合作组织举办了五次"全国朝鲜语翻译骨干培训班"，每年一次，一次一周，培训了300多人次。我呢，毕竟是多年实践出来的翻译工作者，有责任有义务将我的实践经验传授给年轻的翻译人员，就围绕汉朝文献、法律、经济翻译实践，做实际案例分析，多次给学员做了翻译技巧专题讲座，还应邀到中央民族大学、中央人民广播电台、延边大学讲过一些有关翻译的课。通过这些经历，我个人也受益匪浅，毕竟这些都是实践转化为理论的重大收获。

哈森： 作为中国民族语文翻译局培养出来的局级干部，您对少数民族翻译事业有着怎样的展望（未来设想）？

金英镐： 个人觉得，我们还是要立足本职工作，做好马恩经典著作的翻译工作，做好两会、党代会等党和国家重大会议的翻译服务工作，做好国家法律法规的翻译工作，在此基础上拓展翻译业务……我们需要不断提高和强化业务水平，这样才能跟得上突飞猛进的时代脚步。人才队伍方面，要把好入门关，进一步加强导师制度，安排更多的专题讲座，加强培训，提高大家的翻译业务能力和翻译研究能力。我们的蒙古语文、哈萨克语文、朝鲜语文都属于跨境语言，所以，还要加强与跨境语言国家的交流和合作等等。想法确实不少，不在此一一陈述了，在今后的工作中用行动慢慢完善、努力实践吧。谢谢你的采访。

哈森： 路漫漫在脚下。现在，可以说是您事业的又一个新起点。我们相信，以您对翻译事业的忠诚，必将为民族语文翻译的明天谱写更绚丽的篇章。

感谢您百忙之中接受我的采访。

2016 年 5 月 3 日　　北京海淀

译坛伉俪：且萨乌牛和他的"幺表妹"

我的幺表妹哟
站在山巅亮月亮
站在山梁亮山谷
站在山谷蜜蜂围
站在坝上蝴蝶围

我的幺表妹哟
正面看她像月亮
可月亮没有她漂亮
背面看她像杉树
可杉树没有她挺拔

——彝族情歌经典《我的幺表妹》（民族出版社出版，2003）汉译本的封面上，读到这两段文字，我感叹于彝语修辞的美好和与众不同。有句俗话说："情人眼里出西施。"我曾领略过很多语种语境里表达女性之美丽的修辞手法，但是，我仍为彝族女"站在山巅'亮'月亮，站在山梁'亮'山谷。正面看她像月亮，可月亮没有她漂亮；背面看她像杉树，可杉树没有她挺拔"的美丽感叹不已。这样的修辞手法中，她们的"亮"与美丽是何等的彻底啊！

俄罗斯诗人罗伯特·罗日杰特文斯基就原作与译作说得很妙："倘若我的诗能为你们所喜爱，那么就请你表扬译者。"是的，在阅读《我的幺表妹》，欣赏彝族文学经典，认识彝族文化的过程中，我始终怀着对译者的感激之情。因为译者，我才读到了这么美好的作品，才看到了彝族同胞生活的壮丽画面。

尽管《我的幺表妹》的译者且萨乌牛——王昌富先生是我多年的同事，可我时至近日才算是真正认识了他和他的爱人——彝族叙事长诗经典《妈妈的女儿》（贵州民族出版社，2009）的译者吉格阿加女士。这对译坛伉俪在民族语文翻译事业道路上默默耕耘而硕果累累。这样通过作品相识的感觉是美好的。

几天前的一个夜晚，我约了现居成都的彝族翻译家且萨乌牛、吉格阿加夫妇，通过网络进行了一次在线采访。

人物特写：且萨乌牛

且萨乌牛，又名王昌富。1961年7月出生于四川凉山盐源县。1984年6月毕业于西南民族大学彝族语言文学专业，以"优秀毕业生"被四川省组织部作为"三梯队干部"培养，曾任凉山州盐源县人民政府秘书、盐源县右所区副区长等职务，后改行从事民族语文翻译工作。

作为中国民族语文翻译局彝文翻译室的业务行政双肩挑的负责人，他在做好党和国家重要会议和文献翻译的本职工作之外，业余完成了彝族情歌经典《我的幺表妹》的搜集整理翻译出版工作，彝族叙事长诗《妈妈的女儿》和彝族传统道德经典《玛穆特依》汉译本的审订工作；负有民族文化责任感的他，还潜心研究彝族历史文化，撰写了《凉山彝族礼俗》《彝族古代文明史》《彝族妇女文学概说》等著作，并发表了《三星堆与彝族文化共同特征研究》等探究三星堆文化和彝族文化的诸多具有建树性的文章，在学术界颇有影响。

彝族翻译家且萨乌牛在十八大

说起成长经历，他在弃政从译的道路上写满了掌声响起的一幕幕故事，我想在此记录，励志后来者。

大学即将毕业时，他面临多种选择：留校任教、到凉山日报社当记者、回家乡从政等等。正在他举棋不定时，有一天得知中央民族翻译局要从本班挑选两名彝汉文都好，表现也好的优秀生，并已初步选定他和另外一个同学。想起能到这样的单位，一颗年轻的心啊，真是激动不已。可是他心里还有一丝不安和愧疚。父母均已年过七旬，彝人规矩是小儿子照顾父母。他是孝子。面对忠孝之选择，经过两天的自我斗争，他答复："若非我不可，我就去翻译局；若我可去可不去，我就回家乡尽孝心。"后来由于诸多原因，翻译局的招生没能继续。他被省委组织部作为"优大生"选调到凉山彝族自治州盐源县人民政府办公室任文字秘书。

他在盐源县政府工作期间，不仅是写稿第一能手，做墙报搞宣传的能手，又凭自己彝汉双语能力，短时间内完成了县里搁置已久的《盐源县地名录》彝文翻译。鉴于他出色的工作能力，省委组织部任命他为盐源县右所区副区长，主持区委、区政府工作。当时，《森林法》公布不久，他利用工作闲暇将其翻译出来，并召集全区护林员、各乡领导和邻近本区的区乡相关干部到一交界地开会讲解《森林法》，起到了宣传《森林法》，了解本区各乡干部，增强与邻近区乡友好合作等方面的作用。

正在他作为全县最年轻、学历最高的少数民族党员干部，具备"年轻化""专业化""革命化"，干什么像什么而成为全县"焦点人物"时，又面临了一次两难的选择。州委组织部征求县里的意见，调他去州民族干部学校工作，因为干部培训班的翻译课找不到合适的老师。征求他意见时，他同意了。改行去当翻译课老师，县上领导不理解，再三劝说；教师地位不高的当时，亲友们不理解他"区长不当当教师"。唯有他的父母支持他，相信他的选择。没有读过书的他们认为"人往高处走"是对的。那是 1985 年的 8 月。

到了州民族干部学校，上课前班主任告诉他，这个班是各县区乡干部和州级机关干部，还有领导家属，又闹又乱，根本没几个好好听课的，有几个老师被撵走了。他却说："也应该从教师身上找问题，讲得不好学生也会不想听吧。"记得他的第一堂课讲的是《汉彝翻译中词义的对应与交叉》。讲得学生们没有一个闹的，没有一个睡的，教室里鸦雀无声，只有做笔记和咳嗽声，来听课的教师和校领导个个竖起了大拇指。之后，他向学生宣布："我的课你认为没有听头，就可以不来，我打考勤。"结果，只要第二天有他的翻译课，学员们即便喝酒时也会互相提醒"明天有王老师的课"。

1986 年 2 月的最后一天（后来这一天成为他在州民干校工作的最后一天），他得知四川省民委借调州上几个人去北京中央民族翻译局参加全国"两会"（全国人大、政协六届四次会议）翻译，第二天就得到成都报到，名单里有他。3 月 1 日他到了成都，那是一个十年难遇的大雪天，很冷，但成都人高兴极了，他心里也暖暖的。能够被选调参加如此盛大的、全国最高级别的会议翻译，那高兴劲儿就别提了。来到了北京，他的译文水平得到了彝文翻译组领导以及局领导的肯定。1986 年 3 月 15 日，也就在这次两会翻译工作期间，中央民族翻译局领导在新疆驻京办事处的一间会议室正式宣布彝语文翻译室恢复设立

且萨乌牛和吉格阿加

（20世纪50年代国家民委设立过彝语文翻译室，"文化大革命"期间被撤销，所以属于恢复设立）。两会接近尾声的一天，时任中央民族语文翻译局局长的李大万同志亲自找且萨乌牛（王昌富）谈话，说彝语文翻译室刚恢复设立，需要翻译人员，经过这次考察，想留他在彝文室工作。他明确答复，他是四川省培养的"三梯队"干部，组织上同意了，他当然愿意留下来。一方面来说，他是党员，要服从组织安排；另一方面来说，他也很热爱翻译事业。这样的机会，对谁来说都是可遇而不可求的。

到了中央民族翻译局彝语文翻译室工作后，且萨乌牛淡泊名利，潜心工作和研究，获得了开篇介绍的一系列成绩。有人问他是否后悔那几次的选择，他回答说："若把翻译比作桥梁，我愿做桥梁的一块砖。"

访谈过程中，我们还是谈到了翻译中的文化问题。这是我每次访谈中必提的问题，也是最最感兴趣的话题。他给我讲了一些有趣的事件和例子：

1954年，第一次全国人民代表大会上，有彝语同声传译，彝族代表听到毛主席用汉语讲话，同时在耳机上能听到彝语，他们说毛主席真是神人，他可以同时用汉语和彝语说话。然后彝族人民代表听到"毛主席万岁"的口号，彝族人不理解毛主席怎么会杀鸡。因为，汉语"万岁"与彝语"杀鸡"同音。还有，在彝族伦理道德要求中，是不能说脏话的，而某些文学作品中可以见到用脏话来表达地方特色。我们遇到这类情况的时候，必须改变表达方式，让彝族能够接受。比如，毛主席曾经有一首诗云："土豆烧熟了，再加牛肉。不须放屁，试看天地翻覆。"（毛泽东在《念奴娇·鸟儿问答》）如果直译"放屁"二字，大大有损于伟大领袖毛主席的形象，因此在翻译时必须撇开"放屁"二字，用彝族的表达方式译成"胡说"。又如，汉族有不少与性有关的脏话，而彝族语言中没有此类内容。彝族骂语大多是消灭人丁、断子绝孙、抬你儿尸、埋你儿尸之类的话语，这与彝族历史上好战有关。汉民族与彝族审美观也不同，彝族以黑为尊，以黄为美。因此在翻译表达当中，我们必须根据译文接受者的审美来考虑其表达方式。比如，颜色的黑为尊，是不能改变的（如果要译成中文）。而汉文中的"黑社会"一词翻译成彝文，就不能直译为黑，必须译成"邪恶组织"。

谈到目前彝汉翻译方面存在的问题，他在指出翻译力量薄弱，汉彝双语能力都强的人较少；各地区各行业翻译各自为政，新词术语不完全统一；大的语言环境下，母语影响力逐渐在减弱等问题的同时，也提出了几点建议。比如，应以翻译局为主体，规范新词术语；要加强地区间交流；加强母语学习和双语教学，一个都不能放松等等。

作品的说服力是胜过一切的。我想把笔墨更多地留给他的"幺表妹"。

阅读笔记之一：《我的幺表妹》汉译本

《我的幺表妹》是彝语"安阿惹妞"的译称，也称"阿热略"或简称"幺表妹"，是广泛流传于大小凉山的叙事情歌。它的主线贯穿了令人心潮起伏的故事情节：爱慕和赞美表妹的美丽—和表妹深深相爱—表妹的父母无情阻挠、隔离与刁难—表妹被夫家抢走—"我"苦恋、盼归、诅咒—

劝慰表妹、给表妹以希望的力量—听到表妹自尽的噩耗—表哥"我"悲诉，最后"我"漫无目的四处流浪呼唤表妹"回来吧"。这是一部描写爱情悲剧、渴望幸福与自由的民间歌谣。

阅读《我的幺表妹》的汉译本，首先我感叹的是彝族语言的美好。其中，赋，比兴以及排比、对偶、拟人、双关、迭音等等修辞手法此起彼伏，层层叠叠，却不失自然、朴素之美。比如，描写表妹我俩情深意长、息息相通的诗句是这样的：

> 表妹我俩哟
> 像两只雄鹰天上飞 / 影子落一处
> 像两只老虎山间走 / 足印踩一处
> ……
> 表妹我俩哟
> 两个山头在两处，影子终归落一处
> 两条江河源两处，河水终归流一处
> 两棵树儿长两处，树叶终归落一处
> ——《恋情》

阅读中，我沉浸在《我的幺表妹》精炼、深刻、深情、富有感染力的词句里，不时落泪，比如读到《盼归》的章节，"我"期盼着表妹，劝慰着自己的思念，说：

> 我的表妹你哟
> 找个借口快来嘛
> 借口喂猪喂鸡快来嘛
> 借口找柴背水快来嘛
> 借口干活锄地快来嘛
> ……

——这么多的"嘛"，是揪心的。他明明知道远嫁的表妹是不能以这些"借口"回来见表哥的。然而接下来写的是：

> 不来，不来了
>
> 我的表妹不来了
>
> 冬去春雨到来了
>
> 坎上草儿发芽了
>
> 插秧的时节到来了
>
> 我的表妹不来了
>
> ……

——不来了，不来了，不来了……十四段里连续写了46个"不来了"，那一声声"了"中，仿佛尘世的万事皆了，空空虚无。

我相信，任何一个读者，都会被这样富有感染力的语言折服的。

阅读《我的幺表妹》，我看到了彝族民风民俗以及生活的多彩画卷。它展现了彝族宗教、婚俗、审美等等生活的方方面面，让汉语读者领略到与己不同的文化氛围。彝族在颜色方面"黑为尊，黄为美"；彝族崇尚"3、7、9"等单数，因为，在彝语语境中，"3"的读音与幸福同音，"7"的读音与金子同音，"9"的读音与稳定同音。而他们对审美的观点，贯穿了全文。

> 我的幺表妹哟
>
> 长尾头帕表妹戴着溜溜美
>
> 好像竹林边上锦鸡在舞蹈
>
> 多彩披衫表妹披着溜溜美
>
> 好像山间布谷仔飞舞
>
> 百褶彩裙表妹穿着溜溜美
>
> 好像山里索玛花在争艳……

彝族翻译家吉格阿加

——美哉，彝乡的风情。

真可谓，彝乡的妹子是一首首歌，彝乡的男子世代唱不够。

读这样富有穿透力的经典作品，我时刻感激着把她带到汉语天地里的译者。

人物速写：吉格阿加

写且萨乌牛，我说是人物特写。那么，写吉格阿加，我想用人物速写的思路。

速写，简单的几笔，可以展现一个栩栩如生的画面。

我试图用轻描淡写的方式，写出一个美丽的女子。

据我所知，热情奔放、能歌善舞、善于展现自我，是彝人比较普遍的共同性格特征。而吉格阿加给我的印象，似乎有所不同。每年的全国两会，我们总会相见。她话语不多，我们除了点头致意，几乎没有交流。

端庄、矜持、娴雅，是我记忆中的吉格阿加。

直到我读到她翻译的叙事长诗《妈妈的女儿》，彝族传统道德经典《玛

49

穆特依》汉译本，才发现了她的知性、内敛、诗意的美。

那天我们在网络一见。当时，我跟且萨乌牛先生在交谈。话题临近尾声时，我提问："您可否跟我谈一谈您现实生活中的'幺表妹'——吉格阿加老师？"

那边敲打出的字却是："其实没什么，一天除了工作就是照顾老公孩子，无聊没事干的时候就翻译翻译。"

我听出这个"声音"是吉格阿加的。多么朴实，多么谦逊，而这种填补"无聊"时间的境界多么高雅和富有意义啊。别人填补无聊，可能是美容健身、逛街购物、喝茶打牌、K歌劲舞，或者还有其他什么，而对吉格阿加来说，用文字之舞打发"无聊"时间，给众多的读者展现着美不胜收的精神家园。

《妈妈的女儿》是一部哭嫁歌。吉格阿加说，她是流着泪译完的。我告诉她，我是流着泪读完的。这样眼泪成诗的交流中，我们的距离，近了。

写她，我不想写过多现实的文字，我希望她的美，她的存在是轻盈的。可是，我还是要向读者交代她的社会角色。因为，她是一位社会女性，我想让更多的读者认识她、欣赏她。

吉格阿加，1965年8月出生于四川省凉山州喜德县，1986年毕业于西南民族大学民语系，同年分配到中央民族语文翻译局，工作至今。身为彝语文翻译室副译审的她，不仅业务出色，还经常尝试一些学术性的归纳，撰写发表了《汉彝反译法初探》等诸多论文。尤其，她利用业余时间翻译完成的《妈妈的女儿》《玛穆特依》成了汉语读者了解彝族文化各个层面不可缺少的文本资料。

我们聊起有关翻译理念的一些问题。我问他们夫妇在翻译过程中有没有一些不同的坚持，她说几乎没有，他们所坚持和遵循的翻译观点出奇地一致。比如，他们不赞许编译，说编译后的东西已经不属于原作者，从而也会大大减弱其阅读价值和研究价值。译文要尊重原文，无论语境、风格还是结构上。在这基础上的翻译才可谓达到了"信、达、雅"的境界，让经典翻译成为翻译经典。

阅读笔记之二：《妈妈的女儿》汉译本

《妈妈的女儿》即彝名《阿嫫妮惹》，广泛流传于川、滇彝区，是一部经典的哭嫁歌，也是一部最感人的叙事长诗。故事以一个穷苦人家女儿被迫远嫁他乡而思念自己的父老乡亲、兄弟姐妹，追忆自己童年快乐成长的过程，哭诉包办婚姻制度给她带来的"灾难"为主线，铺展诗情，刻画一个旧社会彝家民女没有自由的痛苦婚姻的悲情。

通过《妈妈的女儿》这部作品，我们可以了解到旧社会彝族包办婚姻制度。其目的在于：一、可保持血缘集团间政治、军事联盟的稳定性；二、可保持各等级内部血统的纯洁性。包办婚姻的前提是民族内婚，等级内婚，父系血统禁婚。经济（聘礼）却是次要的。《妈妈的女儿》在这样的社会根源文化背景中，凄凄上场，《序歌》开始：

> "妈妈的女儿哟／人说高山最幸福／可高山不是真幸福／高山长绵绵／高山上吃草的羊儿才幸福／人说草原最自由／可草原不是真自由／草原野茫茫／草原上欢唱的云雀才自由／人说山林最美丽／山林静悄悄／林中漆树才出美／人说人间苦／可人间不是都痛苦／茫茫人世间／妈妈的女儿最痛苦！"

幸福，自由，美丽……忽然笔锋一转，妈妈的女儿落入万丈痛苦。那是人间的地狱，没有美丽，没有自由，更没有幸福。

她是千万个彝家女儿的代表。这样女性题材作品的意义是深远的。此时，我的阅读已超越了文学范畴，飞向女儿国的自由。

结束语：

写到这里，我还是意犹未尽，不想收笔。我有点后悔没把且萨乌牛、吉格阿加二位彝族翻译家分开来写。他们的作品太多，太好了，我有些不甘心用这样的篇幅来概括。然而，将他们写在一起，我还是很开心的。我想，他们是双双成就非凡的译坛伉俪，可称为彝族翻译第一家。而且，他们都是关注并宣传女性题材作品的译者，我作为喜爱并怜惜"幺表妹"的读者，或某种意义上"妈妈的女儿"，感恩并祝福他们。

2009 年 12 月 22 日凌晨　北京初稿

2016 年春·补记且萨乌牛

2010—2016 年间，且萨乌牛在本职岗位上主持翻译并审定《资本论》《马克思恩格斯文集》《江泽民文选》《政府工作报告》和领导讲话等共 466 万余字。业余出版《中华人民共和国著作权法》《中华人民共和国节约能源法》等译著，50 万字的《彝学与翻译研究论文集》专著也即将出版。近几年，他又涉足影视创作，由他编剧的《支格阿鲁》《布阿诗嘎薇》等母语电影在社会上反响不错。由此，他的社会角色更多了起来：中国民族语文翻译局彝语文翻译室二级译审、翻译（研究）导师，第四届国际彝学研讨会副秘书长，全国彝文标准化工作委员会委员，四川省少数民族语言翻译系列高级专业技术职称资格评审委员会评审专家，四川省民族学会常务理事，中华人民共和国法律系列丛书彝文审定委员会委员，中国翻译家协会专家会员，四川省哲学社会科学重点研究基地——彝族文化研究中心兼职研究员，四川省非遗评审专家等，四川省哲学社会科学第十四次优秀成果评奖民族学学科评审员，西南民族大学彝学学院硕士研究生毕业论文答辩委员会主席，四川广播电视台《支格阿鲁》广播剧总顾问。

身有专长并为之锲而不舍的人，像金子，所到之处闪着光亮，比如且萨乌牛。

功德无量是翻译

——藏族翻译家加羊达杰史学翻译著作出版之后

　　藏族翻译家加羊达杰先生译著丛书一至三册于 2013 年 11 月由中国藏学出版社出版发行。译著丛书共四册：第一册是《资治通鉴》里的有关藏族史料，第二、三、四册是从十几本古代汉文史籍中选译的藏族史料零散记载。其中第四册于 2014 年出版。

　　译著前三册出版后，在藏族知识界引起了不小的反响，好评不断。先后有藏人文化网、博客西藏、西藏文化网、青海新闻网、青海湖网、青海湖博客、琼迈藏族文学网等国内著名涉藏网站在第一时间做了报道。中国藏学出版社社长、藏族著名历史学家周华先生对此译著评价道："译著忠于原文，语言精准、清楚、谨严，通俗易懂，富于藏语韵味"，"这三本书是加羊达杰先生利用业余时间，凭自己的学识与勤勉，夜以继日地翻译所得到的丰硕成果。译者可谓是藏族青年中有理想、有热忱，兼具毅力和勤奋的典型和榜样"。

　　加羊达杰曾经是我的同事，工作之余我们还是有很多共同话题的朋友。关于文学，关于翻译，关于蒙藏文化，关于佛教，以及共同经历的工作事件、共同认识的朋友，是我们永远说不完的话题之源泉。

　　加羊达杰性格内向，为人低调。是的，我认为低调这个词，不是什么人都可以用的。一个碌碌无为的平庸之人，张口就说自己为人低调，是可笑的。低调，必须有低调的资本，比如有某方面斐然的成绩，有令人敬重的品格等等。加羊达杰才学渊博，治学严谨，在汉藏翻译领域，无论是汉译藏文献翻译，藏译汉史学翻译，还是藏汉文学翻译领域都取得了质与量皆可观的成绩，然而他是一个十分安静的人，不喧不哗，不张扬，不骄满，有定力有耐心地默默执着于自己的理想。

甲午年春节前夕，我约了藏族著名学者、翻译家，现为中国藏学出版社副编审的加羊达杰，与他进行了一次关于翻译的对话。

哈森：首先祝贺你的译作丛书问世。翻译史书，需要较深的古汉语功底。您的古汉语水平是怎样练就的？

加羊达杰：我的古汉语功底没有那么好。说来惭愧，我是初中二年级才开始学习汉语文的，上初中之前，我连自己的名字都不会用汉文写。初二时，汉语文老师给我和我的一位同学"开小灶"，给我们上了小学一年级课程。稍识几字后，似懂非懂地读了一些通俗读物，通过阅读，初步解决了识字问题。上初中和中专那段时间，大家读武侠小说很起劲。当时学校图书馆有很多此类书籍，懵懂之间我也和别的同学一样，读了不少金庸、梁羽生、古龙的武侠小说。当时只要能借到这类书，就如饥似渴地阅读，可以说到了废寝忘食的地步。通过这些阅读，从初三到中专二年级这段时间，我的理解能力得到较大提高。期间还看了不少如《隋唐演义》《唐宫二十朝演义》《呼家将》《火烧赤壁》《杨家将》《薛丁山征西》《窦尔敦传》《童林传》《岳飞传》《说岳全传》《施公案》《初刻拍案惊奇》等书。这些书有些是纯白话文，有些是文白夹杂的。文白夹杂的书看多了，对学习课本中的文言文有很大的帮助，在阅读理解方面具有一定的优势。加上当时我的记忆力很好，无论是背诵藏文还是汉文，班里我是背得最快的人之一，课文中的文言文和古典诗词，大多我都背得滚瓜烂熟，这样一来，学习文言文的兴致也就越来越高。

后来读大专、研究生课程，继续认认真真地学习古代汉语课程等，古汉语的理解力也相应提高了许多。总而言之，虽说我的古代汉语水平

藏族翻译家加羊达杰

没有那么好，但随着年龄和知识量的增加，经过多年的学习积累、理解，翻译古代汉文史籍中的史料，基本上可以说没有太大的困难。

哈森：翻译史书，需要查找、核实很多资料，是不是您对史学有一定的兴趣，才攻克了这艰难、枯燥的过程？

加羊达杰：确实如此。翻译古代汉文史籍，尤其是翻译古代汉文史籍中的藏族史料，对藏族史和中原王朝的历史都要有一定的了解才行。不仅要搞懂原文的意思，对原文内容有足够的把握，而且对历史人物之间的关系，事件的来龙去脉，当时的军政、官职制度，山川治所，社会心理和风俗习惯，文字的古今读音等等吧，都要有相当的了解才行，搞不清楚这些，似懂非懂地仓促翻译，难免会闹出笑话。

我所翻译的藏族史料选译自《汉书》《后汉书》《晋书》《宋书》《南齐书》《梁书》《魏书》《周书》《隋书》《北史》《通典》《唐会要》《旧唐书》《新唐书》《旧五代史》《新五代史》《宋史》《辽史》《金史》《资治通鉴》等古代汉文史籍。所译内容为藏族及与藏族有渊源关系的藏系小邦或族群的史料。其中，《资治通鉴》中有关藏族史料内容，绝大部分是吐蕃时期的历史事件，这类内容在古代藏文史书中也有不少记载，汉藏史料有许多交叉点，可以相互参照。但是其他书中的历史资料，在藏文史籍中很少有相应的内容。所以，翻译这些历史文献时，需要沉下心来，查阅现有的、自己能够掌握的大量的资料。今年出版的这三本历史译著，真正用在翻译上的时间和精力，最多也就两年多一点的时间（本套丛书翻译工作从 2007 年开始，2010 年基本完成），其余时间都用在查阅、核实资料，做注释方面。这个工作确实很琐碎，好在自己从小对历史感兴趣，一进入工作状态就会很投入，也没觉得多么枯燥乏味。

幸好我小时候就喜欢读历史小说、通俗历史读物，这些潜移默化地起了作用，使我对历史产生了比较浓厚的兴趣。我在攻读硕士研究生期间发表的一些论文，多多少少也跟藏族古代史有关。虽然没有经过系统的历史学训练，但我也读了不少严肃的国内外历史著作，尤其是跟藏族史相关的。我觉得，再怎么烦琐枯燥的工作，只要有兴趣，就能持之以恒，就能从中得到乐趣。

哈森："再怎么烦琐枯燥的工作，只要有兴趣，就能持之以恒，就能从中得到乐趣。"这句话真好。那么，您翻译史书时秉承的原则是什么？

加羊达杰：首先是忠于原文。几千年传承下来的汉族文化的书写传统，到后来分类、集结成经、史、子、集四个部分，我所翻译的这些史料是"史"的组成部分，这些书是几百年前，甚至是一两千年前的古代史籍，翻译这些东西，忠于原文的重要性是不言而喻的。你得尽可能地把原文的意思原原本本地、准确地翻译成藏文，而不能按自己的好恶，或现今的思维方式、价值取向来曲解曲译；你也不能图省事，简单处理了事。以前汉译藏的一些史料译著，多多少少存在这类硬伤。这方面需要注意的东西很多。要做到忠实原文，你首先对以儒家为核心的汉文化要有一定的了解，比如古代中国人的"天人合一""天下""四夷""教化""中国"等等观念，以及由此而来的礼制、历史人物的话语和行为等。在此，还可以举个例子：死亡，在古代汉族社会对不同阶层不同爵位的人有不同的专门用词，如崩、薨、卒、死等，这些字的用法是有讲究的，你不能违反既定的规则来随意应用，翻译这类字眼时，在译文中也需要有所区别，不能全都用某一个字或敬语处理了事。这个非常重要。

然后是藏语表达的顺畅清晰问题。我的翻译目的是补充、丰富藏文史料，给那些致力于用藏文研究藏族历史，却又不能直接阅读古代汉文史料的藏族学者，以及普通的藏族历史爱好者提供参考资料。因此，译本在力求忠实原文，考虑到原著叙事风格的同时，语言方面需要做到符合藏文表达习惯，文字简洁、易懂、流畅。

哈森：据我所知，您也做文学翻译，并且做得也很出色。文学翻译和史学翻译，您更喜欢做哪一个？为什么？

加羊达杰：我喜欢翻译文学作品，但只是在业务工作之余偶尔为之，并没有持之以恒地做这个工作，这方面也没有确切的目标和计划，可以说是繁忙工作之余的一种调理，也可以看作自己从小爱好文学的一种延续吧。虽然现在很少读文学作品，翻译文学作品也不多，但我觉得，进行文学翻译时那种与作者的共鸣，那种专注于形象和情感的乐趣是非常独特，非常令人愉悦的。

历史翻译我不仅喜欢，而且是作为自己的一项事业和责任在做。您知道古代汉文史籍中有许多与藏族有关的史料，这些史料的翻译对补充、丰富藏文史料有着非常大的意义。但自 20 世纪 80 年代，端智嘉先生和陈庆英先生翻译新旧《唐书》中的《吐蕃传》以来，没人再继续做这项工作。我有幸在翻译局和你们这些优秀的翻译家共事，成了一名专职翻译人员，经过多年严格的翻译训练和实践后，觉得自己有条件也有责任翻译这些历史资料。虽没人给我安排做这项工作，但我自认为这项工作应该由我来做（不怕您笑话），这是命运安排给我的一项任务，至于能做到何种程度，能走多远，那不是我所考虑的问题。所以历史翻译对我来说，是在兴趣和责任二者共同作用下所从事的一项工作。

哈森：作为一名优秀的藏族知识分子，您做学问，搞翻译，从事教学，也爱好文学，精通藏汉双语，能否谈一谈您的成长经历？谈一谈对您的成长有影响的人和事？或者您认为有趣的经历。

加羊达杰：您过奖了，谈不上优秀。1971 年我出生在青海省海南藏族自治州同德县农村。1983年我考上了县里的民族中学，同时也考上了海南州民族师范专科学校，家人经过商议后，把我送到海南民师，读初中中专。由于我之前没学过汉语文，课堂上根本听不懂用汉语授课的老师们在讲些什么，整个初一时段就这样迷迷糊糊过去了。那一年的期末考试，我都没参加汉语文考试。到初中二年级时，一位藏族女老师任我们的汉语文老师，她给我们上了一年的课。这一年当中，她利用晚自习时间，在汉文教研组办公室给我和我的一位同学（也是我的同乡）

《汉文史籍中有关藏族史料选译》（1～3）
加羊达杰译著

教汉语拼音，教识字，就这样，我学完了小学一年级课程。但好景不长，第二年换了汉语文老师。但经过这一年，我总算学会了汉语拼音，认识了不少汉字，后来汉语文水平逐渐得到提高。我还记得，中专三年级时，我曾把蒙古族诗人、作家江瀑用藏文写的小说《琵琶骨之魂》翻译成汉文，这个译稿我现在还保存着，这是我的首个藏译汉译作。（呵呵笑）

1989年我中专毕业后参加工作，分配到同德县教育局教研室。1990年考上青海教育学院民族部函授班，寒暑假期间去西宁学习了藏文大专课程。毕业后到同德县民族中学当老师，任初、高中年级藏文老师，有时也担任中国历史课和政治课的任课老师。这期间，我也写了一些藏文诗歌，发表在《章恰尔》《西藏文艺》等藏文期刊上。2000年考入青海民族学院藏学系硕士研究生班，毕业后调到中国民族语文翻译局，做专职翻译工作。2012年调动工作，到中国藏学出版社做编辑工作。

若说对我的成长有影响的人，首先应该是我的父亲。父亲虽然没怎么上过学，但他有相当好的藏文水平，后来他参加工作，在县党校学习汉文。2007年我的父母来北京，在我家住了一年，期间父亲还翻译了《布达拉》期刊的四五篇文章，挣了不少稿费呢。

父亲是个喜欢读书的人。80年代初期，每每有新的藏文书出版，父亲都一本不落地买回家。现在想来，当时他的工资其实也没有多少。有时候没买到书，他就从别处借，整整齐齐地抄写后拿到家，这些都成了我的启蒙读物。在父亲的影响下，我在小学期间阅读了十来部《格萨尔传》，几部藏族民间故事集，八大藏戏中的几部，藏文正字语法方面的一些书，还有你们蒙古族的民间故事集《巴拉根仓的故事》藏译本，以及《水浒传》等。其中《水浒传》，我在小学期间读了不下四遍。小学期间读的最早的历史书应该是通俗易懂的《藏族王统纪》，这些书都给我留下了很深的印象。

除父亲外，还有很多人对我的成长有过影响。上文说的那位藏族女老师就是其中之一，她叫冷措，是位美丽而善良的老师，现已退休在家。我识得汉字，多年后成为一名还不算太差劲的翻译工作者，多亏当年她牺牲自己的休息时间，给我们单独上课。她是有恩于我的。我参加工作后，有时逢年过节给她寄些礼物，几年前我还去看望过她。

哈森：能否谈一谈您以后的发展方向和打算。

加羊达杰：现在作为一名出版编辑，我没有别的"野心"，只想把自己的编辑工作做好，力所能及地为藏族学者和读者服务，为藏文读者多出好书，这是我的想法。我真心觉得为民族文化的发展出力，做一点工作，是一件功德无量的事。继续翻译有关藏族史料，丰富、完善藏文史料，给藏文史学家提供资料，同时自己也搞一点与此相关的研究。另外，我还想翻译一些和藏族有关的古代诗文，如《全唐文》和《全唐诗》里有不少这类作品。如条件允许，还想组织翻译中国历史、中国民族史、世界历史（包括各大洲的历史）、世界文明史等等吧，藏族读者可以阅读的这类书籍现在很少。

哈森：听起来都是值得期待的计划。感谢您接受我的采访，并祝愿您的这些计划顺利圆满，发挥无量功德。扎西德勒！

2014 年 2 月　北京

关仕京：人民大会堂两会壮语同传第一人

　　每年春暖花开的三月，首都北京天安门广场红旗飘展，来自祖国各地的全国人大代表、政协委员带着父老乡亲的美好愿望，在庄严的人民大会堂齐聚一堂，共商国是。

　　"两会"的现场，肃穆隆重。当会议铃声响起，会议主持人宣布大会开幕，大会堂四楼少数民族语言同声传译间的各族翻译者顿时平心静气，蒙古、藏、维吾尔、哈萨克、朝鲜、彝、壮七种语言的同声传译传到每一位少数民族代表的耳中，心里。

　　在这样庄严的工作环境里，我初识壮族翻译家关仕京先生。

　　那是十几年前。虽然语种不同，初涉同声传译的日子里，这位前辈传授了我很多同声传译技巧，让我克服了临阵怯场的心理，对我如今成为一个独当一面的同声传译工作者，给予了很多帮助。

　　2009 年 11 月，国家民委对中国民族翻译局进行了一次人事改革，确定翻译职级。关仕京以自己丰富的翻译经验和过硬的翻译技能，被评定为国家二级译审。2014 年，他被中国民族语文翻译局聘为翻译导师，同年，获得国务院颁发的政府特殊津贴。

　　2010 年年初，我约了身在广西绿城南宁的壮族翻译家关仕京先生，

关仕京在北京人民大会堂进行大会同声传译

通过网络时空，请他讲讲自己的翻译经历。

人民大会堂同传的壮族第一人

说起同声传译，也许不少人比较陌生。

同声传译，又称同步翻译、即时翻译，简称同传。顾名思义，即用一种语言把另一种语言所表达的思想内容，用口译的方式在同一时间内同步准确表达出来的一种翻译形式。同声传译多用于国际国内大型会议、专业研讨会场合。同声传译分有译稿同传和无译稿同传。有译稿的同传相对容易一些，就是当发言人发言时，译员按发言人的速度与语气，按照事先翻译好的文稿，用译语诵读给听众；无译稿同传，译员要耳听、脑译、口传三者几乎同步，即既要聚精会神地听清耳机里传来的话语，同时大脑又要迅速在有限的时间内把高速度、高密度的信息用译语重组，并及时准确地口传出来，使目的语听众理解原语发言人的讲话内容。所以，要做好大会的少数民族语言同声传译工作，译员除了必须具备一般译员应该具有的良好汉语理解能力和本族语表达能力以及专业知识等素质外，还应具备进入角色、把握时间、抓住重点、随机应变的心理素质，掌握好意译为主、顺句驱动,把握听和说的平衡、恰当的时间间隔等同传技巧。

1987 年,全国"两会"同声传译,在之前的蒙古、藏、维吾尔、哈萨克、朝鲜五种语言上增设了彝、壮两个语种,变成了七语同声传译。关仕京是人民大会堂"两会"同传的壮族第一人。

那时,关仕京来壮文翻译室工作刚刚一年。

回顾首次壮语同传,关仕京记忆犹新:

1987 年 3 月 24 日,当我们同声传译队伍乘坐的面包车缓缓停在人民大会堂东门时,我的内心真是既高兴又紧张。因为壮族人民热切企盼壮语早日进入人民大会堂的夙愿等会儿就要实现了,我怎能不高兴啊!又因为,我将第一次踏进雄伟庄严的人民大会堂,第一次用壮语现场传译政协全国委员会领导人的重要讲话,让壮语第一次荡漾在大会堂里,让壮族的政协委员,第一次在大会堂通过母语聆听政协领导的重要讲话,面对诸多的"第一次",我能否顺利完成同传任务,心里没底,着实有点紧张!

下车后,我们一行人艳丽的民族服饰成了一道靓丽的风景线,引得许多国内外记者蜂拥前来采访、拍照。他们忙坏了,我们也乐坏了!

有个金发碧眼的外国记者,看了我胸前的全国人大、政协会议工作证后,饶有兴趣地问我,你们"翻译组"翻译哪种语言?趁着这十分难得的机会,我索性向她和盘托出——我们一行是国家级的民族语文翻译队伍,共传译七个语种,包括蒙古语、藏语、维吾尔语、哈萨克语、朝鲜语、彝语和壮语。每年的全国"两会"和每次全国党代会召开时,我们都在北京把这"三会"的文件译成七种民族文字,印制成文件发给代表、委员,并到人民大会堂给与会代表、委员做同声传译。同时,还把文件的译文电传到全国各自治区的有关电视台、广播电台、少数民族语文报纸杂志社,让各地的少数民族同胞能及时用自己的语言、文字,深刻而透彻地理解大会文件的精神实质。"碧眼"听后,十分惊讶,眼睛瞪得大大的,似乎不大相信,一直缠着我,紧追我到大会堂一楼来。

"你是翻译哪种语言?""碧眼"仍紧随不放。

"壮语！"我大大方方地回答。

"可以看一下你们翻译的文件吗？"

我向大会秘书处文件组文件发放点望了望，看到工作人员已向记者们分发今天大会用的正式文件,就爽快地拿出壮文文件递给"碧眼"。"碧眼"仔细地看了又看，然后问壮文是否难学。我说壮文只有 26 个字母,它是一种拼音文字，科学且易学！我还指着身边的两位同事说，我们三人从小学到大学都是学汉文，壮文全靠自学掌握，仅用几个月时间就可以熟练阅读壮文报刊，进行汉壮语文互译了。如果你想学，我可以免费教你，包你在较短的时间内，会说一口标准、流利的壮语！"碧眼"这回来劲了，赶忙表示一定找机会登门拜我为师……

会前，我们 20 多个同传人员先在厅里小憩，虽然母语各不相同，生活习惯有异，有的人还不相识，但大家和睦相处，用汉语诚挚交流，其乐融融。经验丰富的藏族同传人员龙日老师热情地对我说："进行同传时，别顾虑太多。其实你就是'领导人'讲话嘛，大家都听你的……预祝你首次同传获得成功！"兄弟民族的关怀和鼓励，令我感动不已，也暗下决心要把同传干好！

离大会开幕还有 15 分钟时，我就进入壮语同传室，摆好壮文文件，戴上耳机，调好话筒，准备"战斗"。"心口呀莫要这么厉害地跳！"贺敬之的诗句似乎在提醒着我。

忽然，大会堂里爆发出一阵雷鸣般的掌声，整个会场沸腾起来了！我赶紧往主席台一望，只见党和国家领导人正微笑着招着手走上主席台。一会儿，大会主持人发令："请全体起立！奏国歌！"我立即用壮语作同声传译。国歌高奏之后，大会主持人就宣布政协大会开幕，先请全国政协主席邓颖超讲话，我也立刻用壮语做同声传译。开头我确实有点紧张，语言不够流畅，但龙日老师的教诲忽地又在耳边响起："'领导人'讲话嘛，大家都听你的！"我就排除杂念，放松自己，稳定情绪，大胆传译，语句也就自然多了。邓主席的讲话节奏分明，言简意赅，通俗深刻，充满激情，振奋人心。我也能有板有眼、声情并茂地传译出来。并通过电缆，传送到代表、委员的耳机里。壮语准确、精辟、生动的表现力，总算在大雅之堂经受住了考验！我终于顺利地完成了同传任务，我成功了！

这是壮族同声传译历史上值得记录的一段佳话。

壮族第一个二级译审

关仕京出生于广西南宁市武鸣区一个富饶美丽的村庄——一小河绕过，二水库下游，三面环山，四季常绿，五谷丰登，六畜兴旺。他高中毕业后当民办教师，恢复高考后继续上学读书。他勤奋好学，在广西民族大学中文本科毕业的基础上，1996年考入华东师范大学研究生班，用两年时间完成了文艺学专业的学业。

关仕京从小学到大学学的是汉文，但他自小在壮族聚居地长大，耳濡目染，母语一直没有丢弃。加上他对壮族丰富多彩的民族文化有着浓厚的兴趣，他讲母语生动自如。1986年之前，他在教育战线工作，担任南宁市一所中学的副教导主任、团支部书记，还是一位出色的汉语文教师，曾被评为南宁市先进教育工作者。偶然的一天，他读《广西日报》，看见了中国民族翻译局招录翻译人才的消息。他就去应聘。因为没在校学过壮文，笔试成绩很不好。但口试的时候，准确、流利的口语翻译成绩却让考官刮目相看了。他对考官说："给我一个月时间，我能熟练掌握壮文。"

这样，关仕京到了中国民族翻译局壮文室工作。自认为半路出家的他，勤学好问，系统学习壮文，很快文字翻译就上手了。他以几十年如一日的敬业精神，前后参与了《毛泽东著作选读》《毛泽东选集》《邓小平文选》《江泽民文选》《资本论》等经典著作和1987年来全国人大、政协会议以及全国党代会重要文件的翻译、审定译稿工作。独立审定的代表译著有《江泽民文选》第一卷、《资本论》第二卷、《马克思恩格斯文集》（第六卷）、温家宝和李克强总理多年的《政府工作报告》，执行主编并审定本单位的工具书《现代汉壮词汇》等等。强烈的责任心与使命感，促使他对工作兢兢业业、任劳任怨；业务知识的厚积薄发，让他在工作中游刃有余，将自己的长处发挥得淋漓尽致。

关仕京在中央民族大学给博士生授课

　　他致力于壮族传统文化的研究和推广。壮族是中华民族大家庭里历史悠久、文化源远流长的一个民族。斯大林说过："每一个民族，不论其大小，都有它自己的，只属于它而为其他民族所没有的本质上的特点、特殊性。"开放、容异，是壮族民族心理的重要特征。自古以来，他们从不排外，能容纳外族，且能和睦相处，亲如一家。他们不故步自封，善于取长补短。比如，自古至今，他们以学汉字汉语为荣。历史悠久的方块壮字（古壮字），绝大部分是借用汉字或对汉字加以改造而成的。然而，如今懂得方块壮字的人越来越少了。用方块壮字记载的壮族古籍是壮族文化的重要载体，是中华文化和世界文化遗产的重要组成部分，弥足珍贵。壮族古籍内容涉及政治、经济、哲学、法律、历史、宗教、军事、文学、艺术、语言、文字、地理、天文、历算、医学等各领域，需要专家整理、注解、翻译。富有民族责任感的关仕京加入这个巨大的文字系统工程中，把业余时间倾注于方块壮字记录的民族古籍译注整理上，硕果累累：他主编并审定《赶歌圩》《壮族四大悲歌》《壮族世传行孝歌集》；执行主编并审定《中国壮剧传统剧作集成》（上林卷，上中下册）；

参与数百万字的《广西壮语地名集》的整理、翻译，注解、审稿工作。他热爱母语，热衷于收集整理壮族谚语、俗语、格言，主编并审定《壮族俗语集成》（武鸣，上林篇）。个人译著有：《壮族师公二十四孝经书译注》《壮族孝母歌》《寡妇苦歌》《壮族传统对唱恋歌》《象州歌谣》。他积极参与广西民族语文的推广、普及工作，主编广西民语委的工具书《壮汉词汇》（二人主编），踊跃参加广西壮语文水平考试的命题、开卷、评估工作。作为广西教育厅二类模式教材审定专家组成员，他参与广西教育厅一系列壮文教材修改审定工作。还独立审定了广西人民广播电台一大批科普译稿。这样执着于民族文化事业的人，眼光是深远的。同样，有着民族文化情结的人，也像南方的山水一样温情饱满。

　　一方水土养育一方人。生养他的大山给了他坚强的性格，哺育他的水流赋予了他温婉的性情。在人生、事业的道路上，他也遇到过一些坎坷。对世态的炎凉、世俗的无奈，他笑而不语。"不以物喜，不以己悲"，面对逆境，以加倍的自我修炼，奋笔疾书，探究专业选题的学术论文、抒怀人生万物的散文层出不穷。他是温和的，乐于助人、与人为善，总是以一种向上的心态感染着周围的朋友，以感恩的态度去工作。

　　他作为中国民族语文翻译局翻译导师，时刻牵挂着单位的业务工作，十分重视培养业务接班人。2015年他给翻译局全体同志做了题为《民族语文翻译与民族文化传承、交流、保护、安全》的专题讲座，系统地探析了民族语文翻译与文化方面的问题，还给本文室的年轻人做了《壮族民歌主要类型及韵律》《新词术语的翻译》《壮族俗语分类及押韵规律》《故事、童话翻译的原则和方法》等专题讲座，热情指导初中级业务人员搞好翻译工作，精心指导他们撰写业务论文，使他们业务水平得到不断提高。他经常受邀在广西民语委、教育厅、广西民族报、广西三月三杂志社等部门做专题讲座，比如《法定单位名称的翻译及其用于牌匾、印章的书写原则》《关于少数民族语言文字法律法规的思考》《经典著作和重要文献汉壮翻译探析》《中小学教材汉译壮的思考》《壮文散文写作与欣赏》《电视连续剧台词汉壮翻译的策略》等讲座，广受好评，为广西民族语文事业做出了积极贡献。

他在汉壮语文翻译界享有很高的知名度，兼任着广西少数民族语文学会副会长，广西民语委民族语文工作专家咨询委员会副主任委员，中国翻译协会专家会员，广西壮族自治区翻译系列高级专业技术资格评审委员会委员，国家民委少数民族语言文字出版、翻译专业高级职称评审委员会委员，多所高校兼职教授等诸多社会职务。更重要的，他是壮乡走出来的第一位同声传译翻译家。

"歌海"壮乡的歌者

他不愧是"歌海"壮乡之子。他爱那方土地，山清水秀的家园给了他歌声的翅膀，他怎能不歌唱？那是著名的刘三姐的歌乡，那是壮民世代生息的地方。而他不仅放声高歌，还用他孜孜不倦的笔触，讴歌壮乡；他熟练掌握方块汉字，潜心翻译壮族民间世代流传的丰富多彩的壮歌，又从文艺学研究者的角度做理论归纳，阐述壮族山歌的深刻意蕴。

这样的人，在我看来，是真正的歌者。

"哥山边种棉 / 妹地角插田 / 天上不下雨 / 苗枉过一年。"——我通过这样的山歌语言，仿佛进入了男耕女织、田园山色的南疆生活画卷中；"塘中好荷花 / 胜过金菩萨 / 若哥有心采 / 情把浮桥架。"——咏物传情，既含蓄又大胆，深情款款，真诚无比。这些是我品读关仕京翻译、出版的山歌译著后对壮族山歌的初步了解。我相信，已经出版的《壮族师公二十四孝经书译注》《壮族传统对唱恋歌》等一系列译著，定能带给读者更多的喜悦。

在《壮族民歌的审美透视》一文中，系统阐释了壮族民歌的主要审美价值。通过拜读这篇语句几乎散文化的论文，我读懂得了壮歌淳朴真挚的人情美、深邃隽永的意境美、思想深刻的哲理美、独具特色的风情美、色彩斑斓的绘画美、上口动听的音乐美、对称整齐的形式美等等审美特点。我边读边感叹，心里不由对关仕京先生的用心研究和文笔的流畅，肃然起敬。

能把论文写得像散文一样有诗意，是需要一定文学底蕴的。

是的，他本身也是一位写作爱好者。他走山村水乡，他访异国都市，无论公事私事出门在外，总会有散文随笔美文问世。1986 年以来他在各类期刊上发表《喜登天安门》《神仙果》等壮文原创散文作品共 40 多篇，发表《感受石林》《讨奶》等中文原创散文作品共 50 多篇！这些文艺作品有的被选入高等院校教材、《壮语文水平考试参考书》等。

他还参与了《射雕英雄传》《西游记》等几部电视连续剧的翻译工作，其中一部还在 2006 年获得了全国民族语电视节目译制片类的金奖。当年他看乡亲们听不懂汉语电视节目而难过。而今，他通过翻译，给家乡的千家万户送去壮语版的电视剧，也算是了却了这份心愿，打开了这个心结。

有抱负的人，是可以让时光之花朵处处开放的。他把一个时间分解成很多时间，于是他的视野拓宽了，事业舞台也宽广了……

关仕京，就是这样一个人。

2010 年 1 月 18 日初稿　北京—南宁

2016 年 3 月 31 日二稿　北京—南宁

《唐加勒克诗歌集》译者阿依努尔·毛吾力提访谈

这里有汉族同胞身陷牢笼，
看他们憔悴如消瘦的绵羊。
难挨心中的愤怒，
借烟散愁缓解心中的哀怨。
诅咒着无边的黑夜，
愤怒中将钢牙咬碎。
侧耳倾听来自口里的消息，
盼望着东方能传来佳音。

这里还有蒙古族同胞身陷牢笼，
悲怆的呐喊直达苍穹。
他们手脚拖着那沉重的镣铐，
泪水在双眸中顽强闪烁。
盼望着解放，盼望着胜利，
向往畅饮奶酒的岁月。

这里还有哈萨克族同胞身陷牢笼，
他们的心被凶残的狼扯得粉碎。
苦难像无边的苦水要将他们吞没，
无法呼吸，更无法在水中自由游弋。
颈间套着枷锁，
冰冷的锁链几乎将颈项磨破。
昔日驰骋于草原的自由之子，
今日却犹如洞中的困兽。
难忘那草原百灵的歌声，
难忘舌尖那长留的马奶醇香。

这里还有维吾尔族同胞身陷牢笼，
憧憬着早日摆脱这苦难。
咬牙切齿，艰难度日，
愤怒的血液在血管里沸腾，
仿佛背负重物踉踉跄跄，
受尽磨难，尝遍忧伤。

这里还有塔塔尔族的同胞身陷牢笼，
更有那乌孜别克，塔吉克，柯尔克孜族患难兄弟。
还有回族，俄罗斯，锡伯族，索伦，
我们一同经历了牢狱的朝朝夕夕。
我们在新疆生活的各族儿女，
没有谁可以自由自在地呼吸。
黑暗让正义的人们屈从于伪善和虚假，
我们被押来好像一棵棵大树被剁碎。
每一个同胞的"罪行"都是长诗一部，
写满"罪行"的书已堆积如丘。
在这里虚假凌驾于正义之上，

盛世才的淫威席卷一切。

他们用威逼和利诱哄骗众人，

许诺讲真话的人可以离开牢笼。

他们狂呼乱叫，恶语相向，

高喊讲真话与自由对等。

反复逼问到底受了谁的蛊惑，

想要投身革命，推翻他们的政权。

于是，敌人严刑拷打，恨不能株连九族，

妄图让革命的意志彻底粉碎。

（1941 年于迪化监狱）

——《谁身陷牢笼》（唐加勒克著 / 阿依努尔·毛吾力提译）

哈森：你好阿依努尔，读了您译的《唐加勒克诗歌集》中这首《谁身陷牢笼》，被诗人的大情怀深深感动，我觉得唐加勒克不仅是属于哈萨克人民的，也是属于汉、蒙古、维吾尔、塔塔尔等各民族人民的伟大诗人。能否谈一谈您是怎么想起翻译唐加勒克的诗歌？谈谈您对他诗歌的理解。翻译的过程中有哪些难点？您是怎么克服的？整个翻译过程中有没有值得回忆并记录的小故事？

阿依努尔：翻译这部作品，是因为这是第三批"双翻工程"选出的需要翻译出版的作品。说到"双翻工程"，在这里做一下说明。新疆维吾尔自治区党委和人民政府于 2011 年启动实施"新疆民族文学原创和民汉互译作品工程"（俗称"双翻工程"），每年安排专项资金 1000 万元，重点扶持和资助出版文学原创作品和翻译作品。说实话，在翻译这部作品之前，除了一些零星的诗歌翻译之外，我没有过多涉足诗歌翻译领域。哈萨克族有着悠久的诗歌传统，哈萨克语的诗歌以韵律见长，而在翻译过程中，韵律的处理是非常有难度的。因此，我一直不敢涉足本民族引以为荣的诗歌作品的翻译，只是希望翻译大量的小说散文，将自己的文字精雕细琢之后再去涉足这个领域，我才有底气。所以，当时我是顶着非常大的压力，接下了这本书的翻译任务。值得庆幸的是我得到了前辈翻译家们莫大的鼓励和支持，这也许是我能坚持翻译下来这本书最大的动力。

说起唐加勒克，熟悉哈萨克文学的人都知道他是哈萨克族现代文学最杰出的代表，是我国哈萨克现代文学的奠基人之一，是爱国的革命诗人。在他短短二十多年的创作生涯中，为我们留下了两万多行思想深邃、内容丰富、形式精美的诗歌，丰富了我国现代文学的宝库。翻译这样一位著名诗人的诗歌作品，对我来说真的是一个莫大的挑战。他的诗歌主题鲜明、章节整齐、语句简洁流畅、押韵严格，加上诗人长期生活在伊犁地区，又去过苏联，诗歌中有着一定数量的外来语。可以说，韵律的处理和外来语的翻译是我在翻译过程中遇到的一个难点。

克服这些困难，我用的是最笨的办法，一是借助工具书和查阅相关的文献资料，二是向前辈翻译家和唐加勒克研究专家学者请教。

在翻译诗人的《伊犁风光》这首代表作时，出现了几十个地名、山名、部落名、人名。我购置了好几个版本的伊犁州地图，伊犁的县志、地方志，当时，我的书房里摆满了各种各样的介绍伊犁地区的资料。对伊犁，特别是新源县的山山水水有了一个比较具体的认识。记得去年去伊犁新源县，我对新源的熟悉程度让接待我们的朋友难以相信我是第一次到新源做客。当时觉得非常辛苦，但现在想来倒觉得非常有趣。

哈森：真正干事业的人，是辛苦并快乐着的。您刚才谈到新疆的"双翻工程"，能否为我们简单介绍一下？它是哪一年开始的？每年计划完成情况如何？政府有怎样的扶持？比如翻译稿费标准（千字）是多少？目前为止，成效如何等等。

阿依努尔：新疆维吾尔自治区党委和人民政府于2011年启动实施"新疆民族文学原创和民汉互译作品工程"（俗称"双翻工程"），每年安排专项资金1000万元，重点扶持和资助出版文学原创作品和翻译作品。从2013年起，"双翻工程"扩大范围，不仅限于民汉互译，还增加了少数民族作品间的互译，旨在进一步扩大各民族间的文学交流。至今，这一工程共出版了257部作品，其中翻译作品120部，原创作品137部。目前稿费是千字百元。

哈萨克族翻译家阿依努尔·毛吾力提

在短短五年时间里翻译出版了如此多的作品，这在新疆文学史上是史无前例的，对文化交流、民族团结等方面做出了积极贡献。具体说来，"双翻工程"大大激发了新疆文学原创的活力，涌现出了许多文学写作者；翻译队伍从青黄不接到不断壮大，并逐渐形成规模；汉族读者通过"双翻工程"了解了少数民族文学的丰富性；少数民族读者通过阅读翻译的经典作品，可以有效地学习和借鉴。

哈森：据我所知，您的汉语创作能力很强，汉语散文《阿帕》曾获冰心散文奖。我也读过这篇散文，感觉您的汉语表达自然流畅，没有第二语言的痕迹。翻译，是戴着镣铐的舞蹈，您为什么不把时间和精力花在自己的创作上，而去从事这有所桎梏的"翻译"活动呢？

阿依努尔：我从小学起就接受了比较系统的汉语教育，哈萨克语只是作为母语存在于我的生活中。虽然我长期使用这两种语言，但相比较而言，在我的阅读和写作中汉语还是比较强势的。换句话说，汉语写作对于我而言，远比翻译快捷和流畅。如果单纯从个人角度而言，汉语写作可以节约更多的时间，当然也会比起翻译劳作有较为丰厚的稿酬，也可以以更快捷的方式被更多的人了解和熟悉。但是，作为一个少数民族写作者，我们需要的不仅仅是读者对我们个人作品的了解和熟悉，接纳和认同。我们更多地希望通过我们的文字，让更多的人了解我们这个民族，了解真正意义上的哈萨克族文化。把本民族优秀的母语作品翻译成汉语，让更多的人了解我们的民族，这是我的责任。我们新疆有很多优秀的母语创作的作家，也有很多优秀的母语作品，需要翻译成汉语，让更多的人了解各民族优秀的文化。我觉得这是每个写作者，尤其是从事翻译工作的写作者们责无旁贷的责任。

哈森：我想，这是一个少数民族知识分子应有的良知吧。接着，我想了解文学翻译活动中文化差异性所带来的问题，在哈汉翻译中，有怎样的体现？您是怎样处理这些问题的？

阿依努尔：文化的差异性在文学翻译活动中的体现的确是非常明显的。哈萨克语在称谓方面的词汇相对单一一些。举例来说，有点像英语中舅舅、叔叔、伯父、姨夫都是用 uncle 来表示，哈萨克语也是如此。例如 apa 这个词，可以是奶奶，也可以是外婆，可以是邻居家的大娘大婶，甚至可以是年老的母亲。这时翻译就要根据上下文捋清人物关系。哈萨克族长期逐水草而居，在草原文化背景下，关于草原、关于畜牧业的词汇非常丰富。哈萨克语中一岁马、两岁马、三岁马、四岁马以及不同时期的公马、母马都有特定的称谓。但在翻译的过程中如果一味按照原文翻译，势必闹出一些笑话。但如果脱离原文，按照汉语的习惯表达，也不足以体现哈萨克语的丰富性。所以在翻译的过程中根据语境可以适当考虑音译加注释的方法，但千万不可画蛇添足。

哈森：尽量保持译出语文化"陌生化"，展现不一样的文化本质的同时，灵活处理译入语文本，字面上看起来没有翻译的痕迹，我想，这就是成功的翻译。接下来，能否谈谈您的个人成长经历？在您选择文学和文学翻译的道路上，有哪些有所影响和指引意义的事？您所感受到的母语学习的重要性是什么？

阿依努尔：我是三代以上都定居在城市的哈萨克族，当乌鲁木齐还被称为迪化的时候，爷爷一家已生活在此，后来因为祖父母的工作调动移居到了城郊那个叫作红柳泉的地方。草原和牧场，真正意义上的哈萨克人的生活，我都没有经历过。但是即便如此，我也得到了很好的母语熏陶。我是还子①，从小随祖父母生活。祖母要求家里的每个孩子，只要在家必须说母语。我和叔叔们都上了汉校，在家有时用汉语交流。不过一旦让祖母听到，她便会毫不客气地随手拿起什么边打边骂。这里所说的骂，不是什么粗话，而是她使用大量的民间谚语、俚语训斥我们，她的口才好得简直是出口成章。小时候，并不理解她因为我们不说母语而打骂我们的苦心。长大了，特别是走上了文学翻译的道路之后，才真的体会到母语学习的重要性。语言是了解一种文化最直接的途径。一个对自己的语言和文化都不甚明了的人，怎么可能通过翻译让别人了解自己的民族，了解自己的文化？这也许是我后来放弃还算不错的工作，辞职去读研究生的初衷吧。

哈森：那您接下来读研，读了什么专业呢？跟哈萨克文化相关？读研的经历，对您之后的工作，或者说翻译到底有什么样的影响呢？

阿依努尔：我读了民俗学专业，主攻方向是新疆民族民俗。我的导师周亚成老师主要是研究哈萨克民俗。因为目前为止，全国范围内没有哈萨克文化这个专业，所以我选这个专业的目的其实也就是为了研究哈萨克文化。现在想来，当时在那样的年纪，放弃待遇还算丰厚的工作去读书，的确让很多人不理解。但我至今认为，这是我做的一次非常正确的决定。读研究生期间，我读了大量的专业书籍，也和导师一起完成了很多课题。可以说，我的人生因为这三年的学习有了彻底的改变，我看到了一个更为广阔的世界，为我以后的工作和生活都打下了一个非常坚实的基础。对我的翻译工作，影响也是非常深远的。因为翻译是一个综合性的艺术，对一个民族，包括对本民族透彻地了解，才能将这个民族的文化通过文学的载体，翻译的桥梁呈现在其他民族的眼前。所以，翻

---

① 还子习俗：哈萨克人认为自己的生命是父母给予的，所以新婚夫妇要把婚后所生的第一个孩子送给男方的生身父母，用以代替自己给父母尽孝。祖父母也将还子视为自己的小儿子或小女儿。在传统社会，还子习俗一方面由于经验丰富的老人抚养刚出生的婴儿，保证了婴儿的成活率；另一方面，当还子长大时，可以照顾年迈的老人。但由于哈萨克族生产生活方式的改变，还子习俗逐渐作为一种形式存在于哈萨克族现代生活中。

译是向外展示和向内寻根的文化之旅。

哈森：这句真好。翻译是向外展示和向内寻根的文化之旅。读《唐加勒克诗歌集》，能读出原语境的语法结构、语言特点，让人知道哈萨克诗歌的原貌。我想，您是忠实于原作的译者。能否请您谈谈您的翻译原则。

阿依努尔：谢谢您能认真地阅读这本翻译集。虽然"信、达、雅"是每个文学翻译追求的最高境界，但我觉得为了照顾第二语言的读者，完全脱离开原作，过分地演绎和发挥也是不可取的。能通过译文读出原文作者的意图，感受到原汁原味的民族语文的表达，我想那才是比较成功的翻译，这也是一名翻译所应遵守的原则。当然，最大限度地忠实于原文并不是对原文的生搬硬套，也不是完全拘泥于原文。我曾看到一篇哈译汉的小说作品，译者对书中的每个人名都做了翻译，例如：有一个人名唤"塔布斯"，他译为"收获"。这种"忠实于原文"就真的大可不必了。另外，我个人觉得文学翻译要非常讲求译文的文学性。常常看到一些翻译作品，对原文的翻译准确性是有了，但毫无文学性，读来味同嚼蜡，这是文学翻译比较忌讳的。一部文学作品，失去了文学语言的美感，我不知道它如何带给第二语言的读者好的审美感受。

阿依努尔作品

哈森：我赞同您的观点。您是第一届阿克塞文学翻译奖得主，能否给我们介绍一下阿克塞文学奖情况，比如是哪里创办的、惠及哪些地区作家、运作模式、第一届评奖后的社会影响等等。也请您给我们谈谈目前哈萨克文学民译汉情况，再说说您下一步的翻译计划。

阿依努尔："阿克塞"哈萨克族文学奖自 2014 年启动，是奖掖全国哈萨克族作家创作的各类文学作品和哈萨克文文学创作及翻译的文学奖项。由中国少数民族作家学会和甘肃省阿克塞哈萨克族自治县人民政府共同主办，民族文学杂志社协办。旨在弘扬和体现社会主义核心价值观，唱响爱国主义主旋律，加强中华多民族文学交流，繁荣少数民族文学，推进哈萨克族文学发展。该奖由阿克塞哈萨克族自治县人民政府长期支持。

非常感谢首届阿克塞文学奖组委会能把这么重要的一个奖项颁给我这样一个年轻的译者，这是对我莫大的肯定和鼓励。因为这个奖项，也让更多的人了解了唐加勒克这样一位哈萨克族著名的诗人。当时在颁奖现场，听到李敬泽老师说："感谢阿克塞文学奖，让我们认识了唐加勒克这样一位伟大的诗人。"听到这句话，我是何等的激动和欣慰啊。这是对一个译者最高的褒奖，使我的翻译有了更为深刻的现实意义。我非常珍惜这份荣誉，因为它对我，对我的民族都有着非凡的意义。

谈到哈萨克文学的民译汉情况，实事求是地讲，并不是很乐观。全疆从事哈翻汉的译者，这里指的是文学翻译，可能还只是十位数。而在他们中，翻译的文字能直接使用，不用花大力气去编辑的是屈指可数的个位数。但值得欣慰的是哈萨克语的翻译出版物虽然并不多，但整体上质量是比较过关的。翻译们的现状是，几乎没有专职的文学翻译，低廉的翻译稿费不足以使翻译成为谋生的手段。所以大部分的翻译都是因为责任的驱使，投入自己业余时间在从事这项工作。很多年轻人有着非常好的双语基础，有着很好的文字感觉，但没有足够的信心和耐心成为一名翻译，这是非常可惜的。也有一些翻译，对翻译事业有极大的热情，也翻译了大量的作品，但因为缺乏学习和大量的阅读，也一直很难实现从量变到质变的飞跃。

总的来说，虽然有着这样那样不尽如人意的情况，但和前些年相比，大家对翻译工作比较重视了。特别是我们自治区的"双翻工程"极大地鼓励和培养了一些翻译，所以母语作品的汉译以及各少数民族母语作品之间的互译前景是比较好的，值得期待。

哈森：在这里，请允许我向您和奋斗在哈汉文学翻译战线上的翻译同仁们致敬！作为新疆各民族作家翻译家平台的《民族文汇》杂志的编辑，能否为我们介绍一下贵刊的情况？（比如，各民族作家翻译家以及他们的作品中，您印象深刻的有哪些？目前杂志的稿源情况、杂志的影响力等等）

阿依努尔：《民族文汇》杂志是新疆维吾尔自治区唯一一本重点刊发少数民族文学汉译作品的期刊。《民族文汇》杂志前身是《新疆民族文学》（创刊于1981年），后更名为《民族作家》，2000年更名为《民族文汇》。我们杂志秉承"荟萃民族文化精品，推介民族文化成果，展示民族文化特色，促进民族文化交流"的办刊宗旨，为推动少数民族文学事业的发展，传播少数民族文学艺术发挥着重要作用。目前，杂志下设"特别推荐""新作译介""佳作回顾""诗情文韵""文苑纵横""故事新疆""民俗风情"等栏目，带您领略异域风情。"特别推荐"：主要推介近年来在文坛崭露头角的少数民族作家创作的新作，同时推出其创作感想、相关评论文章，以引起更多人关注。"佳作回顾"：重点刊发、推介年代较远（如二十世纪五六十年代以前）的少数民族作家创作的社会反响强烈、知名度高的文学作品。"新作译介"：将少数民族作家用本民族语言新近创作的独具民族特色的文学作品翻译成汉语，推介给广大读者。"诗情文韵"：以刊发少数民族诗人创作的诗歌、散文诗等文学作品为主，展示少数民族诗人的整体创作实力。"故事新疆"：各民族作家创作的有关新疆历史、故事、风情的散文、随笔等。"民俗风情"：以讲故事的形式，展示民俗文化、风情，让更多读者了解不同民族间的文化差异。我们还有一个专门为内地的少数民族作家开辟的栏目"文苑纵横"：主要刊发内地有影响的少数民族作家创作的长篇小说、散文等文学作品。了解内地少数民族的作品，寻找差距，达到相互了解、相互学习的目的。当时哈森老师翻译的作品就发在这个栏目，让我们对内地蒙古族作家的创作和翻译有了一定的了解，在读者中也引起了比较好的反响。也欢迎内地的少数民族作家踊跃投稿。

杂志在自治区还是有一定影响力，下一步就是走向全国了（笑）。

有些在特别推荐栏目中被推荐的作家和作品也受到了很好的关注。我本人在做这个栏目的时候也常常有一些媒体（包括杂志、报纸）向我索要被推荐的作者的联系方式。

讲到稿源，我们的译者和作者队伍还在不断地建设之中，稿子不算少，但高质量的翻译稿件相对还是少一些，所以我们期待高质量的翻译稿件。

我跟阿依努尔的认识，其实从《民族文汇》开始，那是我第一次给《民族文汇》投稿（小说翻译），阿依努尔是责任编辑。我们在QQ上偶尔聊几句，直到首届阿克塞文学奖颁奖典礼在北京召开时，我们才相见于中国现代文学馆。初次见面，这位年轻、美丽、热情、大方的哈萨克女子给我留下了深刻的印象。从此，我们便成了生活中彼此惦念的好朋友，事业上相知相惜的知己。对阿依努尔的访谈，就此告一段落，但我们之间关于民族文化、文学翻译的话题，将继续到岁月的尽头……

2016 年 4 月 26 日　北京—乌鲁木齐

在殊荣背后：记蒙古族翻译家阿拉坦巴根

　　自 1990 年起党中央、国务院决定，给做出突出贡献的专家、学者、技术人员发放政府特殊津贴，这是党中央、国务院为加强和改进党的知识分子工作，关心和爱护广大专业技术人员而采取的一项重大举措。国家每两年选拔一次享受政府特殊津贴人员，对经批准享受国务院政府特殊津贴的人员，颁发政府特殊津贴证书，由国家发放一次性奖金。在社会科学研究中，成绩卓著，对社会发展和学科建设做出突出贡献，是学科领域的学术带头人——这是享受国务院政府特殊津贴者要具备的条件之一。阿拉坦巴根译审在民族语文翻译战线上长期辛勤工作，以专业技术工作岗位上不凡的业绩、成果和贡献为同行和社会认可，2008 年获此殊荣，成为在民族语文翻译界获此殊荣的为数不多的人之一。

　　近处，没有风景。这句老掉牙的话，在这里有了新义。直到跟二级译审阿拉坦巴根老师提出采访和交流，他欣然接受采访的这一天，我才更加深刻而全面认识到朝夕相处、共事多年的这位同事的学识之举十知九、实践之登峰造极、文笔之哲思凝练。

蒙古族翻译家阿拉坦巴根在十七大翻译工作中

平凡的人生，不凡的业绩，一步一个脚印

蒙古族翻译家阿拉坦巴根 1957 年出生于内蒙古赤峰市巴林右旗都希苏木。当他读到小学三年级时，"文化大革命"开始，辍学的他当起了一名小羊倌。1971 年，他所在的公社建立初级中学，开明的父母又将他送回了校园，1974 年他考上了高级中学。那个时候的高中教育，主要教授农村生产的实用技术，所以，少年阿拉坦巴根学会了开拖拉机、焊接电线等技术。1977 年高考的恢复，给求上进求知识的他带来了无限光明。他报名考试了，他金榜题名了，考上了内蒙古大学蒙古语言文学系。大学二年级时，哲学系计划培养蒙古语授课老师，蒙古语系就让阿拉坦巴根转系学习。大学毕业那年，中央民族语文翻译局负责人去内蒙古大学招录一名翻译，条件为蒙汉兼通，略知政治、哲学理论的人才。系里推荐了他。回顾那时的抉择时，他说："我当时很想留校搞教学和

研究工作，但是服从分配是我们那一代人报效祖国与母校的至高荣光。"

阿拉坦巴根来到了中央民族语文翻译局。在前辈的引领下，从助理翻译、翻译做起，之后成了审稿、甚至独立定稿的副译审，最后评上了译审、翻译岗位中最高级别的二级译审。

中央民族语文翻译局是翻译的专门机构，主要任务是翻译党和国家重大会议的文件、领导人的讲话与著作、国家的法律法规以及经典著作的翻译，高标准、严要求是自然的。成为一个合格的翻译，不仅要具备很高的汉蒙（或其他语种）双语水平，还要具备哲学、社会科学、自然科学等领域广泛的知识。为了保证译文质量，蒙古语文翻译室的翻译工序向来比较繁多：翻译—初审—复审—终审（定稿）—核读—审读—通读等主要工序之外，还有录入（当年是打字）、排版以及四次校对。阿拉坦巴根在蒙古语文翻译室工作28年，不挑不拣，做过所有工序的工作，近年来因工作的需要，担当起把关译文质量的终审和审读工序。谈起自己的本职工作，他总是珍爱有加。他说："80年代，我们主要翻译马列著作。《资本论》就忙了好几年。参加这样鸿篇巨制的翻译工作，对于初出茅庐的我来说是一个难得的锻炼机会。彼时，在哲学专业所学的经济、哲学、逻辑学等知识，对于我的翻译工作帮助着实不小。老同志们认可并鼓励我说'吃透了汉文稿子、蒙古语译得顺畅'。于是深受鼓舞的我更加努力，有时把稿子带回宿舍，加班加点工作。"

翻译是一个比较特殊的专业，其中甘苦，只有亲身参与的人才有体会。尤其是翻译单位的工作，工作任务由上级下达，具体业务由多人分头承担，协同完成，强调的是团队意识、奉献精神。三十多年来阿拉坦巴根一直没有离开翻译工作岗位，甘于寂寞，淡泊名利，将自己融入集体的事业中，在翻译这个不太为人们看重的工作岗位上任劳任怨、辛勤耕耘，做出了不凡的业绩。三十多年来由他翻译、审稿的各类稿件总字数已超过一千多万，因工作性质，这些翻译成果公开出版时大多不署名。

中央民族语文翻译局承担每年全国"两会"文件翻译工作。每年完成"两会"文件40余万字的翻译，而且是在短短的25天之内。两会文件传达着党和国家的路线、方针和政策，字句如金，错不得，更不能译错。

其中,《政府工作报告》是重中之重。阿拉坦巴根同志多年承担全国党代会报告以及《政府工作报告》蒙古文译稿定稿工作,字斟句酌,反复推敲,高质量地完成了党的十七大、十八大报告以及多年《政府工作报告》的译文定稿工作,得到了人大代表和政协委员们的好评。阿拉坦巴根还多年承担党的全国代表大会及全国人大、全国政协会议的蒙古语同声传译组长的工作,先后为邓小平、叶剑英、胡耀邦、赵紫阳、李鹏、江泽民、胡锦涛等党和国家领导人的报告、讲话进行同声翻译。

说到这儿,也许有人会发问:"现在的代表委员还有不懂汉语的吗?你们那么辛苦搞这个会议翻译有什么意义?"是的,笔者遇到过这样的提问。阿拉坦巴根说,他也遇到过这样的疑问,也遇到过有些代表委员直接表示:"汉文文件我都看得懂,不要蒙古文文件也行。"面对这样的疑问和话语,阿拉坦巴根不无忧虑。他说:"现在大多数蒙古人懂汉语,有的汉语水平还相当高。但是蒙古人懂汉语和会议文件要翻译成蒙古文是不同的两个概念。换句话说,会议文件是否翻译到蒙古文发给代表的问题,相当于是否承认民族语言平等权利的问题,相当于你是否要享受赋予你的权利的问题。蒙古族代表要学会享受权利,要学会运用这个权利。"他还说,在我国的《宪法》等法律制度中,各民族语言文字处于平等地位,无论何时何地都允许少数民族运用自己的语言。不仅如此,为了保障少数民族语言文字的使用权利,还专门设立翻译机构,组织诸多语言翻译人员,提供专门经费,为少数民族人民群众用其母语传达党的声音。所以,少数民族同胞们应该进一步提高自己的文化意识、语言意识和尊严意识。

哲学的高度,历史的深度,一笔一个慨叹

好的翻译家,通常都是一位优秀的作家。他不仅要懂两种语言文字,还要善于将语言文字组合成准确、通顺、完整、美好的语言。是的,我正要说,阿拉坦巴根是一个有哲思而通晓自己民族历史、文笔含而不露其锋的学者。

作为翻译家和作家,他深知自己的使命。他把自己的时间、精力乃至青春都献给了他所热爱的事业。我们看看他业余完成的翻译著作、学术研究以及文学创作，就知道他是一个怎样博学而富有建树的翻译家。

《〈蒙古源流〉研究》一书是蒙古史专家乌兰教授的重要专著，在蒙古史研究中具有重要影响。阿拉坦巴根受《中国蒙古学文库》编委会的委托，用近四年的时间完成了本书的汉译蒙工作。《〈蒙古源流〉研究》是《中国蒙古学文库》重点著作之一，本书由《蒙古源流》原文和研究论文以及汉文注释组成。第一部分是约 5 万字的研究论文，作者从历史背景、作者、书名、内容结构、成书年代、史源文献、史学价值、特点和缺点、版本流传及研究情况等方面进行了详细的论述，进行了多方面地考证。第二部分是正文以及注释。全书共有 629 个注释，可以说是629 篇长短不一的论文。注释中的一部分是语文训诂，包括原文校勘、疑难词语的解读释义、词源考证等。另一部分，亦即最主要的部分，是史实的考订，包括对历史年代、事件、人物活动和世系、地理、部落沿革等的考证和阐释。作者引用了大量蒙汉文历史文献以及日、英、德、俄、波斯、满文参考资料。这些内容反映了作者广阔的学术视野，也对蒙译者提出了很高的要求。本书的蒙译工作历时四年，在蒙古史专用名词术语的翻译、人名地名的准确翻译以及各种文字引文的翻译方面遇到了许多艰深的问题，尤其在蒙古文、藏文名词术语的还原方面做出了艰苦的努力，多方查找、寻根问底，保证了全书蒙译文的规范统一，准确无误，从而为蒙古史研究者以及广大读者提供了一部高水平的翻译学术著作，在学术研究，尤其是史学著作的翻译方面做出了一定的贡献。

他潜心研究翻译理论的方方面面，用蒙汉双语撰写了《翻译的标准以及译者的基本训练》《翻译与蒙古文字的发展》《明代蒙文翻译作品述要》《清代满蒙翻译考略》《清代北京的蒙古文翻译》（上、中、下）等多篇颇有深度的论文，赢得了翻译学术界的关注。

他用十余年时间编写的《蒙古族古代哲学思想史概要》，是国内第一部蒙哲史研究个人专著，出版后引起了蒙古哲学研究领域的广泛关注，频频被学术著作引用。他翻译的世界著名蒙古学家海西希之的《蒙古宗教》，让学术经典成为翻译经典，在诸多学者和读者们的书桌案前，成了文化的饕餮之餐。

他是蒙古族当代文坛上屈指可数的文化散文名家之一。

《心象集》与《寻梦集》是两部收入他百余篇散文随笔的历史文化散文集。他以朴素平实的笔墨，臧否人物，说古谈今，知人论世，抨击现实中的丑恶，赢得了包括农牧民在内的广大读者的厚爱，作品曾获蒙古族文学"花的原野"奖，其中《蒙古王》《名声》《忘却的可怕》等三篇被收入中学语文课本。著名蒙古族文学评论家策·吉日嘎拉评价其散文"有思想深度、知识面广、语言幽默风趣"，又有评论家说："他的散文彰显了涌自智慧之爱的无穷魅力，以真理赐予的圣权批阅了古今。"

笔者行走在外，经常会遇见询问阿拉坦巴根大名的人们。当问起是否是旧相识时，得到的答案几乎是相同的。他们说自己是阿拉坦巴根文化散文的读者，说很钦佩这个未曾谋面的作者。去年在老乡家，遇见一个鄂尔多斯来的司机师傅，他就说自己是阿拉坦巴根的粉丝，他能如数家珍地说出《心象集》《寻梦集》中每一篇文章……

采访交谈的过程也不过两个小时，但对阿拉坦巴根的认识，胜过之前十余年的共事。身边有这样一个前辈，是我们年轻人的财富，也是民族语文翻译事业的财富。这样的人，胜过书桌上摆放的百册字典，指导了我们活生生的工作实践，也指引了我们前进的方向。

2010 年 6 月 19 日初稿　北京海淀

2016 年 3 月 17 日再次修订　北京海淀

通过诗歌翻译，抵达白色的斑斓

——网络时空访朝鲜族翻译家朱霞

　　白色是一种包含所有光谱中所有光的颜色,通常被认为是"无色"的。然而，可以将光谱中三原色的光：红色、蓝色和绿色按一定比例混合得到白光。光谱中所有可见光的混合也是白光。

　　我们以为单调的白色，原来如此丰富。

　　朝鲜族自称为"白衣民族"。我辗转询问几处后，找到了朝鲜族翻译家朱霞。她在延边，我在北京，我们相约在网络上进行一次诗歌翻译对话。视频打开了。她穿着白底蓝花的衬衣，笑容可掬。通过一晚上的交流，我从她那里获得了很多有关诗歌翻译实践的、朝鲜族文化与文学的、译介学理论的知识。她是一位真诚朴实的朝鲜族女性，她是一位知识渊博、能言善谈的大学教授，她是一位以锲而不舍的意志进行诗歌翻译的翻译家。接着她给我发来了她的翻译作品。我也从民族文学、民族出版社等单位找来了她发表出版的作品。

　　七月下旬的北京，老天开恩，比往年凉爽很多。但于我而言，这更多是因为有来自朝鲜民族带有海风的诗歌在做伴。读着朱霞的翻译作品，我仿佛通过诗歌，抵达了一种白色的斑斓。那是朝鲜民族百年诗歌所折射的历史人文的光芒，是一位翻译家执着前行的信念之光芒。这里，白

朝鲜族翻译家朱霞

是一种悲怆和坚忍；白，是一种无瑕；白，是一种无限和自由。白，是串联一个民族百年历程的诗歌记录；白，是记录一个翻译家执着前行的信念。

无瑕的白

跟所有在求学年龄经历"文革"的人们一样，朱霞的求学路并不顺畅。小学在朝鲜族学校读书，1968 年毕业，由于"文革"小学读了 7 年，那时是母语授课。中学读了两年，1970 年毕业，是在汉族中学读的。1970年就读吉林铁路技工学校师资班。1972 年 10 月起在吉林图们铁路小学、中学当汉语老师。1977 年高考恢复后，朱霞考入吉林师范学院中文系大专班。1979 年毕业后在延吉市第一中学教初高中语文。1983 年再度考入吉林教育学院中文系二年制本科班，脱产学习。1985 年毕业后继续在延吉市第一中学任教。1998 年调入延边大学汉语系至今。

她说从小喜爱诗歌。但那样支离破碎的求学状态一直无法让她圆满在诗歌的天空飞翔的梦想。我想，作为一个女人，她要操持家务、带孩子；

作为一名教师，她要备课、讲课，去引导和教育学生，还有一股求知欲在不停地召唤着，一定很艰难。她真诚地说："我的文字底子薄，这一路走来，的确很艰难，但是恰恰在这艰难中打下了很好的语言基础。"

她说自己的诗歌翻译是在 90 年代初开始的，起步比较晚。当时她开始尝试一些小文章的朝译汉翻译。诗歌翻译的开始，也有着一段小故事：

那是 90 年代初的一次外出途中，火车上朱霞无意间遇见了一位朝鲜族诗人。交谈中，他得知朱霞做翻译，就推荐自己的母语诗歌，希望她能给译一译。朱霞说尝试看看。诗人回到家就寄来了自己的诗稿。朱霞翻译了几首，并试着寄给《民族文学》，《民族文学》出乎意外地采纳了她的译文。

这无疑是一个鼓舞。

朱霞的诗歌翻译旅程就这样开始了。在中韩贸易开始如火如荼，好多人下海，翻译也开始忙得不亦乐乎的时代背景下，朱霞以一颗对文字虔诚的心，对诗歌无瑕的爱，在远离世俗的宁静里耕耘着属于自己的快乐。

之前，我对朝鲜族诗歌并不了解。而今，通过朱霞的翻译，我在诗歌时空中感受这个民族的性格特征与文化底蕴。"我以讴歌星星之心 / 珍爱所有正在死去的东西 / 我要走自己的路 / 今夜星辰依旧在风中颤栗。"（尹东柱《序诗》，1941）——"所珍爱的东西"是至纯至真的。比如自由，比如和平，比如爱情，比如真理。而诗人认定了自己要走的路，尽管夜黑星高，寒风凛冽。

"桔梗花开，八月就开 / 八月一开，乡愁袭来。"（宋铁利《桔梗》，1942）——桔梗花紫色的忧伤、蓝色的明朗、白色的无瑕，正是乡愁全部的内容。

"外婆亲手缝制的雪白衬衫 / 白色早已融入了我的肌肤。"（金应俊《桑树》，1995）——亲情的温度与纯度，如棉布的雪白，"融入肌肤"，温润心灵。

"永不枯竭的 / 雨水和泪水 / 结成雪白的盐粒 / 使我日夜苦痛。"（赵龙男《伤痕》，1986）——白，有时也是伤痛的颜色。尤其对于伤痕而言，这雪白的盐粒，定会使之加剧百倍。

白色，如桔梗花，开在朝鲜人的乡间，也开在他们诗歌的田埂上。

悲怆而坚忍的白

以水稻文化著称的朝鲜族聚居在东北，经受着天寒地冻的冬季，稻田水凉的夏季等来自自然的考验，也经受过曾经战火年代的纷乱与流离的磨难，漫长的岁月中，他们沉淀了承受苦难却不忘歌唱的美好品德。

由朱霞翻译、民族出版社出版的《中国朝鲜族名诗》悉心收集了100 年间朝鲜族诗人所创作的 83 首诗作。

而这诗歌的百年，是自 1905 年诗人金泽荣怀着亡国的悲愤，从朝鲜跋山涉水来到江苏省南通落户起，众多朝鲜族文人奔走在中国辽阔的大地上，奋笔疾书，抒写亡国之恨而开始的。最初的年代，他们当中有的人面对日寇的暴政挺身而出，高喊自由，视死如归，壮烈牺牲；有的人对天发誓丝毫不做亏心事，并把民族的凤愿寄寓天上的星星来抒写自己的爱国之情；有的人在血雨腥风的政治风波中依然坚守着做人的尊严和仁爱，如同报春的云雀，鸣叫一声，然后自杀成仁；有的人为了寻找诗歌王国的钥匙，为了镇守民族语言的纯洁美丽，长久地忍受着孤独和寂寞，战胜了镇压和非难，暗中摸索，终生无悔。

读着这部作品，我对 20 世纪上半叶的朝鲜族诗人诗作，有了大致的了解。

> 为了听到家乡的方言
> 仓皇地来到火车站
> 正是黄昏时分
> 那里挤满了来往的人
>
> 从这儿到故乡
> 能有几千里

南行列车上的乘客哟
我羡慕你们

我挥手送别
渐渐远去的
绿色信号灯

人生如同
步履凌乱的
三等候车室
不幸多于幸福的
三等候车室

（奶奶您这么大年纪，
还要乘坐北行的列车吗？）
泪水浸透的万里北方啊
我的奔命的同胞啊

小脚的异国小姐
如同木偶
晃着身子
走了进来

有个年轻人依窗而立
仿佛一尊悲哀的石像
失神地望着窗外
陌生的黄昏景色

啊，不知何时

> 遭遇恐怖的鞭笞
> 还是趁早离开吧
> 临别之言向谁倾诉
> 独自一人躲进夜车里

这是诗人金朝奎 1941 年秋写的诗作《三等候车室》。它像一部黑白电影，把那个战火纷飞的大时代以及背井离乡的人的命运刻画得栩栩如生。他在另一首诗《去延吉站的路上》中写的还是那种"黄昏凄寂 / 风也孤独"的悲凉与酸楚。

这样白话的诗句中"充满了雪意"（柳致环《愤怒的山》，1942）。这样的环境中成长的朝鲜族人民性格里无意间也多了一份悲怆。

阅读从这本《中国朝鲜族名诗》慢慢转移，回到了给予我这样阅读机会的翻译家身上。那一晚上，朱霞女士确实成了我阅读朝鲜族文学现状的一个"文本"。

我们谈起朝鲜族目前文学翻译状况。朱霞说情况不容乐观。因为没有读者，没有市场，别说是从事文学翻译的人，即便文学创作的人，相比从前或者相对于其他兄弟民族也是很缺的。市场经济的冲击下，"离乡"文化背景已成为朝鲜族社会的主流。很多人在外面打拼。朝译汉的作品也没有几处可发表的平台。

这样的情形，对于致力做诗歌翻译的朱霞来说是心里的一个隐痛，或者说是悲哀。然而，"我为了思念什么 / 在洒满星光的山坡上 / 写下了自己的名字 / 然后覆盖了泥土"，"不过，冬天过去 / 春天来到我的星园时 / 坟茔上就会长出碧绿的小草 / 掩埋我名字的山坡上 / 定会草木茂盛一片青翠"（尹东柱《数星星的夜晚》，1941）——诗歌与翻译，给了朱霞一个坚定的信念，她所认定的这条路还是要义无反顾地走下去的。

无限而自由的白

朱霞的译诗里有韩国女诗人柳岸津诗集《春雨一袋子》以及国内朝鲜族女诗人的一些诗歌作品。由于我最近开始了蒙古国女性诗人的诗作翻译，这成了吸引我眼球的一个亮点。我不由好奇异质文化群体里的女性诗歌状况是怎样的：

爱人，请告诉我
怎样才能如同一夜凋零的花朵
在所有人的记忆里
永远鲜艳而美丽

在爱我的人
和我所爱的人面前
像岁月般风干
真的比死亡还恐惧

爱人，请告诉我
怎样才能如同飞舞的蝴蝶
在所有人的记忆里
成为一个欢乐的天使

在珍惜着我
和我所珍惜的人面前
留下伤痛
真的比别离还痛苦

我愿把甜美的梦想
送给所有的人
然后悄然走向梦境
我的心愿怎样才能实现
爱人，请告诉我

——这是中国籍朝鲜族女诗人朴雪梅的《最后的神话》。无我，是一个极致与无限。读着这样的文字，有一种似曾相识的感觉扑面而来。这般抒怀的人，心中是有着强烈无比的爱的。那不一定只是爱情，而是一种大爱。这样的大爱辉泽"所有人"。这样的大爱世间相同，是没有种族之别的。

然而，不经历这样的阅读，我怎能领会到这同与不同呢？

柳岸津是韩国著名的女诗人、散文家。她的诗充满了人生哲理，感情细腻而率真，想象丰富而奇特，语言含蓄而风趣，散发着成熟女性的智慧、坚忍和达观。作为女诗人，她是这样委婉而机智地表白自己的年龄的：

> 为了引诱你偷吃禁果
> 山洞里无数条长蛇
> 盘根错节蜿蜒曲折
> 我想在我的躯体里
> 放养一条狡黠的花蛇
> 告诉你，这就是我的年纪
> ——《芳龄》

诗人把自己的年龄比作引诱你偷吃禁果的狡黠的花蛇。作者借奇特的想象，引经据典巧妙地暗喻自己向往的花季妙龄。

由此，我们又谈到同一个民族却在不同国度生活的朝鲜族诗人的诗歌之不同之处。朱霞说：韩国诗歌，从事创作的人很多，优秀的诗人也多，水平高，作品涵盖内容丰富，写作技巧讲究，个性明显，也勇于表达情感。国内朝鲜族诗歌作品由于很长时间受大环境的影响，无论在内容还是在技巧上都比较传统，内容直白，个性化弱一些。不过，现在许多诗人正在勇于进行探索，开拓着诗歌创作的新领域。

无限之所以无限，因为它是包罗万象的，更是自由的。

那一晚，我们关于诗歌翻译的谈话也是自由的。我们坐在视频的两头，像是相识已久的朋友，你一句我一句地聊着……

"刮风下雪的日子真好 / 你的两颊上 / 熟透的樱桃 / 真漂亮 / 吮吸一下 / 肯定很甜 / 啊，我的樱桃哟 / 今天也刮着 / 刺骨的寒风 // 只有我和你 / 亲热地走着 / 哦，一棵树上 / 结了樱桃四颗"——这是朝鲜族著名诗人金哲老先生 1956 年创作的诗歌《四颗樱桃》。由此我们谈起了诗人金哲。前不久刚刚参加金哲诗歌研讨会的朱霞女士说金哲的诗歌记录了朝鲜民族各个时期的历史，内容丰富、壮观，具有朝鲜民族现代史诗的风采。

我们谈起翻译实践中涉及的一些文化人类学、比较文学、翻译理论以及译介学问题。比如，面对两种文化的转换，她说，她也时常苦恼找不到完全对应的词。她说，以前比较注重让译文尽量适合汉语的习惯。但经过多年的探索，现在悟出：译文应该保留原语的感觉。举一个例子来说，朝鲜族把田埂比喻为"头缝似的田埂"，寓意庄稼很茂密。汉语语境里没有这个习惯，但翻译时还是尽量保留原来的寓意，这种陌生化的效果，不仅可以丰富汉语，也可体现原语境文化，也给读者一种耳目一新的感觉。

我们还谈起译稿的修订。朱霞老师说译稿是一定要反复修订的。修订的过程就是使诗歌凝练的过程。诗歌的语言就应该是简练的。

因为我不是职业的记者，不是很会提问，所以我们的话题很散淡。面对我的状况，作为大学教授的朱霞女士是谦和而包容的，一直笑吟吟地回应着我的问题，让我感到很轻松。

朱霞老师说："翻译诗歌，有时像猜谜语。"多么有趣的比喻啊。翻译时，斟酌字句的同时，有时还需要猜诗人创作时的情感表达。

在这样交流的过程中，她给我推荐了北京大学谢天振教授的《译介学导论》。她说这本书给她的启发很多。"译介学"，字面上很容易理解，但对我而言也是需要去学习和研究的理论领域。每当有人给我推荐含有新思想、新概念的好书时，我就觉得这个人是我一门功课的老师。所以，当时我记得自己说了几次"谢谢老师的推荐"。

第二天，我到中关村图书大厦买到了这本书，居然是图书馆现存的最后一本。

　　跟朱霞老师认识、交流，读她的译文的过程中，我的心情一直是愉悦的。我庆幸有这样一个访谈的机会，结识了一个如此刻苦翻译诗歌并有很深的理论造诣的业内人士，可以在前进的路上，望得见彼此的身影，也可以随时请教或切磋。

　　朱霞老师说："从事诗歌翻译，心不可浮躁，必须静下心来。"我把这句话写在书桌前每日看得见的地方，向那在丰富的白色疆域奋斗着的朝鲜族翻译家朱霞致意的同时也鞭策自己、鼓舞自己，向诗歌翻译的自由和无限进军。

2009 年 8 月 8 日　北京—延边

朱霞 2010—2016 年间翻译纪事

2010 年，翻译出版韩国诗人黄松文的诗集《静夜，思乡情》；
2012 年，翻译出版韩国诗人金再顺的儿童诗集《春雨橡皮》；
2014 年，翻译出版韩国诗人李陆史的诗集《绝顶》；
2016 年，出版译著《黑夜的女儿站在太阳前》；
2012 年、2014 年，获得《民族文学》年度翻译奖；
此外，在《民族文学》等杂志发表翻译诗作数十篇。

静与慢的经典
——万玛才旦以及他的藏汉文学翻译

说起万玛才旦，也许大家并不陌生。关注藏地，关注电影，关注藏文化的人们都知道——那部获得包括金鸡奖等国内外多项大奖的电影《静静的嘛呢石》。是的，我要说的就是电影《静静的嘛呢石》的导演万玛才旦。

初识万玛才旦，是在鲁迅文学院少数民族文学翻译家高级研讨班上。我所认识的他默默地做着自己热爱的电影，静静地构思着自己的下一部小说，冷静地审视着藏汉两种语域的小说，决定着自己的翻译取向，慢慢地被更多的观众与读者认可着。他是一个安静得出奇的人。话语很少，语速也慢慢的，轻轻的，唯恐惊飞一只小鸟。

今年的初夏，我读到了万玛才旦翻译的一系列小说。那些译文，可以说是天衣无缝的。文字表达上没有翻译的痕迹，却也保留着那个异质文化的深邃。读着万玛才旦翻译的小说，看着他的电影，在我的认识里宗教的和诗歌的藏地，开拓为更加平实的，富有生活质感的藏地。

我想，万玛才旦的理想也在于此。

他试图用各种方式，还原藏地。

因为传说中的藏地，在众多的外部人群心中总是有着一层神秘的面

藏族电影导演、作家、翻译家万玛才旦

纱。有人神化她，有人误读她。然而，无论他者如何曲解，藏地还是藏
地。那里的生活，与别处没什么不同，那里的人民与世界上任何地方的
人民一样，日落月升中饮食起居、生老病死。关于此，作者冯良说："唯
独不同的是，生活在那里的人不'故作姿态'。"

万玛才旦通过电影的方式，同时也以自己的文学创作才能和藏汉双
语翻译能力，用小说这种文学形式和结构，表述着那里平实的人们平实
的生活以及雪域高原信仰的光芒。——向不知藏地的人们展示着藏地真
实的生活点滴，包括它的静与慢。

七月初的一个午后，在北京魏公村，我跟万玛才旦进行了一次关于
文学翻译的对话。

静

藏民族是听着格萨尔长大的民族，善于倾听，静静的。万玛才旦保
持着藏民族这由来已久的习惯，静静地用电影手法中最为宁静的方式展

示着西藏宁静的内在，用毫无喧哗的笔触书写着西藏的人西藏的故事，也用不露声色的翻译才华，将古老的藏族《尸语故事》以及现代小说翻译成汉文，让久读浮世繁华故事的人们不由眼前一亮。无论是电影还是文学作品，读他作品的日夜是宁静的。仿佛，窗外喧嚣的世界与我很远。我仿佛在与那些作品中的人们对话。

我走入了他文字中的宁静。

"雪已停了，天上没有黑云，星星们拥挤着在不停地眨动着明亮的小眼睛，圆盘似的月亮撒下一地银辉，照得空旷无边的雪地洁白一片。他被这魅力无尽的夜色深深地吸引住了，他被这寒冷的温柔深深地打动了。他没想到夜色竟是这般的美丽。婴儿甜蜜悦耳的哭啼声依旧在不远处回响着。他没有多加思索，寻声向前走去。没走几步，他看见雪地里有一个晶莹明亮的东西。当时，他心里有点害怕，猜不透那究竟是个什么东西。他不由得停下了脚步。但后来，他还是下定决心，鼓足勇气走了过去。那是个婴儿。那婴儿一丝不挂。由于浑身白得像雪一样，所以在月光下显得晶莹明亮。他俯身从雪地里抱起婴儿，仔细地打量着……在月光的照射下，他发现这个婴儿的身体是透明的。婴儿体内小小的五脏六腑的轮廓显得清晰可辨，而且随着呼吸在轻轻地颤动着。他差点又将婴儿放回雪地里，从这里逃开。但婴儿依旧在自然真切地微笑着。他为自己刚才的想法感到羞愧难当，无地自容。他责备自己不该有这样的念头，不该将这样一个婴儿丢下不管。他不顾一切地把婴儿放进自己怀里往回走。这时，婴儿的哭啼声早已断了，被月光温柔地照耀着的无边雪地也显得宁静深远。"

万玛才旦著，并由万玛才旦译的小说《岗》以魔幻现实主义的手法，叙说着神灵派来人间的两个孩子以自己善良的心灵和奇异的身体帮助受苦受难的乡亲们走出困境，最后因人类的贪婪而被迫"离开"尘世的故事。故事里的自然是静的，月光、雪、星星、夜色，静得让人被"这寒冷的温柔深深地打动了"。这样温柔的"静"里一个神灵的孩子来到了人间。故事里的人是静的。包括主人公的"感动""不假思索地寻声前行"，包括他的"害怕""鼓足勇气""羞愧难当""无地自容""责备自己""不顾一切"等心理与行为过程，也是静态的。这样富有宁静气息的小说构造里，藏民族慈悲的心怀，如深夜的雪莲静静开放。

"我通常选择翻译那些自己读着喜欢的作品，有些篇幅不长的小说，几乎都是一气呵成完成翻译的。"当我问他翻译的审美取向以及翻译状态时，万玛才旦如是说。

他说喜欢藏族作家德本加的小说，尤其是他的"狗"系列的小说，比如《看家狗》《老狗》《哈巴狗收养记》等。通过读这些狗的故事，读者可以了解到藏族当代文学创作的某个侧面。这些小说风格的诙谐幽默、故事结构与表现手法的独特以及坚守藏民族深层文化精髓的创作态度，让人不由暗暗赞叹。当我品读万玛才旦翻译作品时，正读小学四年级的女儿也读了其中的《看家狗》。她看完后感叹说："那狗真可怜啊！对主人那么忠诚的一条狗，最后的下场却那么惨烈。"我想，能让不同阅读层次的读者都如此动容的作品，无论从创作上，还是翻译上，都可谓是成功之作吧。

电影《静静的嘛呢石》的剧本，也出自万玛才旦之手。这是在一个藏历新年，小喇嘛过年回家的简单故事，情节与人物，都很"静"。"静"表现了他们生活的状态。作品通过这个简单的故事，表现了藏区日常生活表面的平静之下，传统与现代的交织渗透，表现了浓厚宗教氛围下人与人之间的温情，纯朴的人对信仰的虔诚。万玛才旦说，其实那就是我故乡的真实面貌，那种平淡朴素里的灵光。整个藏区就像嘛呢石一样，几百年、几千年来，似乎一直静默着。但那些细小的变化却时刻在发生着，身处其中，也许不会感觉到。

静的声音，是需要用去心聆听的。

慢

"色泽灰暗，却有着古铜的坚韧；举止迟缓，却有着岁月的安稳。我听到了那些最亲近的词汇，那清泉一样流动、岩石一样沉静的语言，我的母语，熟悉地向我走来。我被震撼了，这是我和所有像我一样的本族儿女所看到的第一部母语对白的影片，在中国电影百年的历史长河中，这一等可是百年啊！"这是对万玛才旦电影《草原》（根据万玛才旦小说《草原》改编）的影评。作者说，透过短片，他看到了万玛才旦电影世界的无限。

在万玛才旦的电影镜头和文学语言中，可以看到另一个具有西藏特征的词——慢。

慢，在这里无疑是一个很特别的词。尤其在这个什么都迅速，或超迅速的年代。

当你眼前展现的空旷无际的草原上，有两个黑点慢慢游移过来时，那等待究竟的心情是迫切的、百般猜想的。当悠扬的藏族牧歌慢慢飘散在广袤原野上，你的心会被歌声扩张，变得无限宽广。

西藏的慢、慢的西藏，都是经典的。飘动的经幡、转动的经轮、闪烁的酥油灯、弥漫的桑烟、祥和的诵经声、飞舞的风马以及在那里劳作生息、悲欢离合、生死轮回的人们……随着万玛才旦小说、文学翻译和电影三类作品，慢慢地在读者和观众眼前朴素无华地展开。

他说，像写诗歌的人翻译诗歌更好一样，写小说的人翻译小说会更好一些。因为文学翻译要做的不只是内容的翻译，最主要的要把握好原文的节奏和情绪。而藏族文学在叙述上，有一个"慢"的特点。他还说，两种语境的转换，必须体现出原作的特色和风格，同时又要保持译文的顺畅自然。

读着他的翻译作品，我学会了从读者的角度感激译者。凭借他这样的翻译工作者的劳动，我似乎为自己打开了另一扇窗户，看到了与我的生活相距遥远的风景线：《D村风波》（次仁东主／著）里的索杰为了自己的小小乌纱帽以及面子，变本加厉地向百姓索取财物，最后成了光杆司令的故事，诙谐而幽默；《老狗》（德本加／著）通过甲贝处置一条老狗的死尸而遭人议论、批判甚至责问的一连串情节，展现了藏民族的宗教、生活习俗以及价值取向；《像是一天里的事》（德本加／著）是一篇典型的现实主义手法结构，但极富寓意的"隐喻式故事"。乍看，故事的情节发展得像是"流水账"，平淡无奇、波澜不惊。实际上作者于不起眼处偷换了主人公，因而"变"成三代人生存状态的忠实"记录"。

佛教哲学的时空观，在小说缓慢的叙述中将"时"换成"世"。

佛教，赋予了这个民族伟大的悲悯情怀与对所有生灵的终极关怀意识，也赋予了这个民族世代享用不尽的福祉。

说到这里，不得不谈万玛才旦翻译并由甘肃民族出版社出版的《说不完的故事》(《尸语故事》)。

《尸语故事》起源于印度，在藏族和蒙古族等不同民族文化区域广泛流传，可谓是这些民族的民间文学瑰宝。故事的引子是龙树大师派德觉桑布去背如意宝尸，由此产生了一系列动人的故事。而其连环穿插式的故事结构是世间罕见的，古今中外，只有《五卷书》《一千零一夜》等少数几部故事集能与此媲美。

我也曾读过蒙古族版本的《尸语故事》。那是与藏族版本的《尸语故事》一脉相承的。儿时的我曾徜徉在那些神奇的故事情节里，幻想不断。而今天，万玛才旦翻译的《说不完的故事》汉译本电子版在我的电脑里，我读着读着，仿佛回到了属于神话的童年。

整本书由《六兄弟》《报恩》等24个小故事组成。抛开内容与结构的翻译处理，里面还涉及大量的藏族谚语、俗语和民歌的翻译。

"牵马的缰绳要长，砍树的斧子要快""无边草原毁于星火，千里之堤溃于蚁穴""喜讯上告官人，疾苦禀告上师，食物献给父母，真话说给师傅""大鹏展翅应尽早，天空无边不畏惧；周游世界趁年少，大地广袤不退缩"。这些脍炙人口的语句里渗透着藏民族的生存智慧、英雄气概与忠孝品格。

"黑夜虽然降临了 / 太阳照常会升起 / 太阳升起在东方 / 无边暮色自然尽 / 天气虽然寒冷了 / 春天还会返人间 / 青草碧绿花开时 / 冬日严寒无踪影。"这是一首民歌。仅仅以汉文阅读并感觉，它也是无可挑剔的。

万玛才旦翻译的《说不完的故事》，从语句上读不出一丝翻译的痕迹。然而，在漫不经心的阅读中，我们仿佛看见那个叫赛毛措或娥毛措的姑娘唱着藏族民歌炒着青稞的身影。

无处不在的慢，无处不在的经典。

寻

和万玛才旦交流的那个下午,从事电影剧本创作的才朗东主也在场。才朗东主相比万玛才旦善谈一些。他作为万玛才旦二十几年的朋友,对万玛才旦的叙述比万玛才旦自己都细致。

倒叙是静的。倒叙的静里,万玛才旦的成长历程像一部缓慢风格的电影,在我眼前展开。

万玛才旦的家乡在青海安多藏区黄河边的一个藏族村寨——昨那村,那是一个半农半牧的地方。就在他上小学的时候,国家水电部的一个单位就驻扎在他们村里,在那里修水电站,前期就来了几百人的职工队伍。他们建有礼堂,经常放电影。除了国产片,还能看到一些国外的影片,如《摩登时代》《老枪》《佐罗》等等。电影给了儿时的万玛才旦很多外界的和艺术的信息。

我想,往往这个时候,向往会在一个少年的心里悄悄发芽。但那时的向往是懵懂的,不确切的。在静静的山水间静静生活的长辈们也无法给他指引方向吧。

1987年,万玛才旦从青海省海南州民族师范学校毕业后,在家乡当了四年的小学教师。这时的万玛才旦心中已经有了自己明确的方向和对这个民族的强烈使命感。他想比较深入地、系统地学习自己民族的文化,传承自己民族的文化。1991年的9月,万玛才旦如愿考入西北民族学院学习藏语言文学专业。那个专业虽然叫藏语言文学专业,但学的内容很杂,所有有关藏学方面的基础都要学。藏区语言文学专业的教育和内地的语言文学专业的教育还是有些不一样的。内地的语言文学专业的学习内容比较明确,古代文学、现代文学、当代文学等等,分得比较细,注重文学方面的学习。藏区除了这个专业,在文科方面基本上就没有其他专业,所以文学、历史、语言、宗教,甚至天文历算都要学,好多门类的知识要靠这个专业传承下去。也是在那个时候,他开始了文学创作和文学翻译。

他做文学翻译,是双向的。

我插话，问万玛才旦藏译汉和汉译藏的意义区别。他说：汉译藏可以丰富自己民族的文化，对本民族语言文字的建设以及发展都会起到积极的作用。而藏译汉可以让更多的人了解自己民族的文化及其生存状况。

"万玛才旦始终走在这个民族青年人的前列"，才朗东主说。万玛才旦在一旁坐着，笑而不语。仿佛他朋友说的是别人的故事。这样对自己旁观的态度，让我不由肃然起敬。他是谦和的，不张扬而内敛的。这也是藏民族普遍的性格特点。

2000 年，万玛才旦放弃州政府公务员的工作，再度走上了求学路。他考上了西北民族大学藏语言文学系翻译专业研究生。因为，仕途不是他的梦想。此时的万玛才旦已是集藏汉双语写作，藏汉双向翻译才华于一身的文学青年。他的作品已发表在《民族文学》《西藏文学》《芳草》《章恰尔》《岗尖梅朵》等期刊上，《岗》《诱惑》等小说陆续获得了一些国内的文学奖项。

文学和电影一定是有着某种内在联系的。万玛顺着文学的藤，逐渐走向了电影的幽静之处。后来，他又到北京电影学院学习，开始了他的电影生涯。

2002 年他开始了电影编导工作。编导的第一部短片《静静的嘛呢石》获得大学生电影节短片竞赛单元的一个奖项后，万玛才旦殊荣不断。

作为电影人的万玛才旦，初衷依然如故。他不愿意将藏族生活神秘化，他试图用最日常的眼光去打量藏族文明。他说，目前的许多少数民族题材电影流于表面化，比较肤浅，缺少真正的民族文化视角，并流露出某种先天的审美偏见。他认为这种现象只是关注了一些外在的东西，对核心的东西理解不是很透彻，只看到枝干和叶子，没有看到根。所以需要少数民族自己的作家、导演，需要用一种与民族文化一脉相承的视线来审视。

我看了电影《静静的嘛呢石》片花。当藏区的农牧民在露天看到第一部用自己的母语拍摄的电影时，那无数双明亮的眼睛齐齐汇聚，仿佛就是一个巨大的期待。彼时，我深感作为电影人、文学翻译工作者的万玛才旦所肩负着的家乡人民的无限厚望。

不久前，万玛才旦编剧导演的电影《寻找智美更登》在第十二届上海国际电影节上荣获"金爵奖评委会大奖"。《寻》的故事很简单，是导演寻找扮演智美更登的演员，女孩寻找失去爱情的途中的故事。《寻》里，传说中的美丽女孩始终围着红格子方巾，没有露出真面目。她在与导演他们同行的路上听了老板讲述自己的爱情故事，久压的心结终于释怀。最后找到了自我，告别了旧日的恋情。导演以及其他人，各自的内心也有了新的升华。这一路，是寻觅爱情的一路，也是寻找自我的一路，更是在现代文明与传统文明的碰撞里寻找藏地最该有的本真的一路。

无论是从电影《寻》的意义上，还是从万玛才旦的人生意义上来讲，寻是唯一而永恒的主题。生活在继续，寻，无止境。而电影《寻》的剧本，也是万玛才旦本人创作的。

对于作为文学翻译者或是文学创作者的万玛才旦，还是作为中国电影第六代导演代表人物之一的万玛才旦以及他的藏地，我依然是一个一知半解的旁观者。我此刻的话语，也是轻之又轻的，怕误读了那静与慢的自由和克制，怕误读了那静与慢的无限深沉，更怕误读了那寻找路上的艰辛与执着。

藏地，在万玛才旦的镜头中、文字中，被还原着她"静"与"慢"的平实。在此，轻轻地，我祝福藏地，祝福万玛才旦寻路无涯，扎西德勒。

时隔七年后

时隔七年后，2016年4月万玛才旦的助手给我提供了一份最新简历，里面有了更多闪光点：

万玛才旦，藏族，电影导演，编剧，双语作家，文学翻译者。

1991年开始发表文学作品，已出版藏文小说集《诱惑》《城市生活》，中文小说集《流浪歌手的梦》《嘛呢石，静静地敲》《死亡的颜色》，翻译作品集《说不完的故事》《人生歌谣》、法文版小说集《Neige》、日文版小说《寻找智美更登》等。作品被翻译成英、法、德、日、捷克等国文字译介到国外，获多种文学奖项。

2002年开始电影编导工作，以拍摄藏语母语电影为主。代表作品《静静的嘛呢石》《寻找智美更登》《老狗》《五彩神箭》《塔洛》。因其对故乡深入而细致的描述，使人们对藏族文化及其生存状况有了新的体认。新作《塔洛》入围威尼斯电影节"地平线"单元。作品获第25届中国电影金鸡奖最佳导演处女作奖，第9届上海国际电影节亚洲新人最佳导演奖，第12届上海国际电影节金爵奖评委会大奖，第35届香港国际电影节亚洲数码竞赛单元金奖，第12届日本东京FILMeX国际电影节最佳影片奖，第15届美国布鲁克林国际电影节最佳影片奖等多种奖项。

新作《塔洛》入围第72届威尼斯国际电影节"地平线"竞赛单元，荣获第52届金马奖最佳改编剧本奖，第9届亚太电影大奖最佳摄影特别奖，第16届东京FILMeX最佳影片奖，第22届法国维苏尔亚洲国际电影节最佳影片奖等多种奖项。

2009 年 7 月 11 日　北京初稿

2016 年 4 月 11 日　北京二稿

谢友仁：翻译的在场者，历史的见证人

2011 年 9 月，在成都我见到了年过古稀的彝族老翻译家谢友仁先生。我们在百花园乡村酒店空阔的茶亭里聊他的翻译生涯。

在他的缓缓叙述中，我仿佛回到了久远的从前，大凉山的改革、人民大会堂里传出彝语同传，毛主席、朱德总司令接见民族翻译人员、大小凉山翻天覆地的变化……那是一幅幅珍贵的画面。想象中，这些画面也许都是黑白的，但是时代进步的强烈声音迸发着五彩的光芒。

倾听的过程中，我想到了"在场"这个词。谢老以一个彝族翻译家的身份，在场见证了大凉山一段伟大的历史变革，也见证了共和国彝语文翻译事业的历史进程。缘于这次关于翻译的谈话更多涉及历史，不适合第二个人进行转述，所以我将以口述问答的形式，将谢老的翻译经历记录，再现给读者。

哈森：谢老您好，近两年我在尝试写民族语文翻译系列文章。了解到您是一届人大的彝语翻译，一直想跟您聊一聊关于彝语翻译的一些话题。您能给我讲一讲当年您参加中华人民共和国第一届全国人民代表大会（以下简称一届人大）彝语翻译的情形吗？

谢友仁：欢迎你到成都来。我们彝族是具有悠久历史和古老文化的民族之一，凉山民主改革（1955—1956 年）结束后，根据国家政策，在凉山州安排了一批愿意接受民主改革、接受共产党领导的少数民族进步人士，共 300 多人，副州长、政协副主席都是彝族德高望重的进步人士。当时，州政协委员有 200 多人，其中驻州政协机关的有 30 多位，他们在彝族地区知名度很高，但基本都不懂汉语。他们中间有 4 位是全国人大代表，1 位全国政协委员。组织上安排我作为工作

彝族翻译家谢友仁

人员组织他们学习党的民族政策及中央的一些文件精神，政策以及文件精神都是自己先学习后，再用彝语讲给他们听。就这样，我成了新中国成立最初期的彝语文翻译人员。

第一次到北京是在 1958 年，是作为全国少数民族先进工作者去的。参加了"五一观礼"，并在"五四"青年节那天，受到毛泽东、周恩来、朱德、刘少奇等中央领导的接见。

1958 年年底，我们共有 5 名翻译人员参加了（全国人大、政协）一届四次会议的翻译工作。当时没有文件翻译，只有同声传译，凉山州人大代表共有 8 人、政协委员 1 人，其中约 60% 不懂汉语，只能通过同声传译领会会议精神。当时，全国两会会议召开的时间不定时，小组讨论的次数也不定时，不像现在，都是提前安排好的。

之后，参加了（全国人大、政协）二届五次会议，没有文件翻译和同声传译工作，我是作为小组翻译去的。翻译工作任务比较重。四川代表团分两个组，其中一个是少数民族代表组。四川代表团小组讨论时，

朱德委员长参加并讲了两个问题：第一，四川少数民族成分多，要搞好民族团结，这非常重要；第二，中药，是我们国家的发明，现在日本的开发已超过我们了，峨眉山中草药有 600 多种，应该充分挖掘和使用，并提到了很多药名及作用。讨论结束后彝族代表们又分析对比凉山当地的草药。其中就出现了很多新词术语和专业术语。

还记得（全国人大、政协）三届一次会议，是 1964 年 12 月 22 日开幕，1965 年元月五日结束的。当时搞"四清运动"，一些翻译人员没能去参加。只去了 3 名翻译人员。所以任务更加繁重。当时由民族出版社管理两会的翻译工作。我们住在北京饭店。蒙、藏、维、哈、朝、彝 6 个翻译组的翻译人员还进行了一次座谈。朱德委员长来参加座谈会，跟我们一一握手，会后他以个人的名义请翻译人员吃了饭。

特别感动的是 1965 年元月五日下午，（全国人大、政协）三届一次会议的选举会议，要选举国家领导人，会议安排我为四川代表、四川省政协主席、大会主席团成员果基木古做翻译，他基本不识汉字，参加选举写选票、投票，都需要翻译协助。当时，主席台上第一排是中央领导，第二排是主席团成员，果基木古在第三排就座，我坐在他身旁。下午 3 点钟，毛主席由陈永贵、郝建秀扶着走进了会场。毛主席和我们微笑挥手，他坐下后，坐在旁边的宋庆龄从烟盒里拿出烟，递给了毛主席，两人微笑着交谈了一会儿。我坐在果基木古身边，通过耳机直接将大会精神翻译给他。周总理宣读了选举说明。选票收完的时候已经过了 5 点钟。等候选举结果的时段，我们到一楼观看了"第一原子弹"的纪录片。我边看边给彝族代表翻译，他们都非常激动。（全国人大、政协）三届一次会议，是我近距离与毛主席相处，时间最长（近三个多小时），并且留下了很多珍贵、难忘的回忆。

哈森：毛泽东、周恩来、朱德、刘少奇、宋庆龄……那些传奇的伟人曾经对我们少数民族语文翻译人员的关心，通过您的只言片语，穿越时空已传到我们的心里，那么近，那么暖。在那个阶段，您还不是一个专职翻译？

谢友仁：是的。1986 年 3 月之前，不是专职翻译，在凉山州宣传部、外事办等部门工作过。主要是将中央文件学习、理解、翻译之后，拿到群众中去宣讲。十一届三中全会召开之后，翻译了会议公报，去宣讲。

接待过世界各地许多外宾。1985 年前，接待了美国地球杂志社副主编、邮电报记者南希，德中友好协会主席托马斯·海贝勒以及英、法等国家对凉山文化感兴趣的国际友人并和他们成了朋友。

哈森：那您是哪一年开始专职翻译生涯的？

谢友仁：1984 年，中央民族语文翻译局恢复成立彝文翻译室。1985 年 11 月，当时中央民族语文翻译局局长李大万来凉山物色翻译人员。当时，我在州宣传部工作，负责接待他。他走访了几个单位，跟有关部门谈选用翻译人员的事。李大万回京后第七天，省委通知凉山州组织部，调任我为中央民族语文翻译局彝文翻译室主任。副主任是沙马拉毅（现任西南民族大学副校长）。当时自己有些意外，加上一些实际困难，我个人是不想调任的。我爱人为了支持我的工作，牺牲个人利益办理了提前退休。我很感谢她。就这样我的专职翻译生涯开始了。从非专职到专职翻译，我为周恩来到温家宝等总理、为彭真等委员长、为邓颖超等政协主席以及全国人大代表、政协委员们提供翻译服务 200 多场次。

哈森：记得我 1994 年毕业分配到翻译局的时候，您还是彝文室的主任，两会还做同传。那个时候对于我来说，您披着察尔瓦 ① 奔走在单位院子里的身影跟古老的彝文一样神秘。听说你们的文字被停用了一段时间，能讲一讲这段历史吗？

谢友仁：凉山解放是在 1950 年。1952 年，中央民族大学有关专家学者说我们彝族文字不好使用，之后语言学家陈思林、李明编了一套新彝文。那是一种拼音文字。1956、1957 年开始在凉山试用。当时，彝族群众都不愿意接受。因为我们有使用了几千年的文字，不愿意使用新彝文，大家希望保留原有的文字。到了 1958 年 3 月，凉山彝文工作会议上决定凉山直接过渡用汉语文，决定后就报国务院了。但是，广大彝族老百姓也不愿意使用汉文。开会的时候民族干部怕被发现（形式所迫），

---

① 彝族服饰，由羊毛针织的披风。

把记录本藏在袖子下,还使用原彝文记录。"文革"期间,群众要求强烈,呼吁用自己的原有文字。四川省民委派了工作组,抽调中央民大、西南民大学者,组成了调查组,我也参加了这个调查组。然后把凉山州的彝语文专家组织起来,从原有彝文里提炼出 800~900 字,经过讨论研究,形成了目前使用的、规范的彝文。1980 年经国务院批准,凉山地区恢复使用彝文。

哈森:那就是说,这期间,彝文记载空白了 22 年。好在,又找回来了。现在我们都越发觉得能够使用母语的人有多幸福。

谢友仁:是啊。一个民族的文字承载着这个民族的民族心理、价值取向、意识形态、思维方式等,也是中华民族语言文化的组成部分,所以任何一种少数民族文字都不应该丢掉。即使是看似"小"的语种,也应该加以保护,让它传承下去。

哈森:我们这次在成都召开彝语文翻译专家会议,为的是进一步统一和规范新词术语翻译。对此,您有什么建议?

谢友仁:民间彝语非常丰富,我们在理解好汉语的基础上,善于汲取民间文化的养分。做一名合格的翻译,要学习很多知识,充分理解含义,要克服的问题也很多。应该将每一个字、词、句都翻译得准确无误。将层出不穷的新词术语统一规范,这样使新词术语更好地服务于本民族。

哈森:能为我们介绍一下您的汉文是怎么学的么?

谢友仁:我是 1935 年出生的。家乡是大凉山冕宁县,是一个彝汉杂居区。两岁半的时候父亲就过世了。母亲很开明,在我 11 岁时,请私塾先生教我学习汉语和汉字。但由于先生家里有事,总共就学习了半年时间。后来在 1952 年时,我的叔伯哥哥瓦扎木基(凉山州第一任州长,中共地下党员)介绍我参加工作,担任州长的秘书及警卫员。当时我彝语、汉语都会讲。不过汉字识得不多,都是后来去党校学习和自学的。

哈森:很感谢您在会议期间抽空来跟我聊这些。希望以后还有机会继续关于翻译的话题。祝福您健康长寿,孜莫格尼(彝语:吉祥如意)!

2012 年 5 月 17 日清晨，我知悉谢友仁老先生因病医治无效，与世长辞。我的这篇采访文章无法再得到他口述补充，成了一种难言的痛。万般感慨中，我默默祈祷老人在天之灵保佑彝语文翻译事业薪火相传，泽被后世。愿谢友仁老先生安息。

2012 年 5 月 24 日　北京海淀

苏德新：执着追求的文化使者

早在《民族文学》杂志上读过苏德新翻译的一些维吾尔、塔吉克等民族的文学作品。当我开始写少数民族翻译系列文章，了解各个民族文学翻译情况时，发现当代新疆少数民族文学翻译领域中苏德新有着举足轻重的地位。起初，我把访谈的重点放在少数民族身份的翻译家上，写蒙古、藏、维吾尔、哈萨克、朝鲜、彝、壮七个少数民族的翻译家共十人次之后，觉得自己学习、了解、沟通的对象不应该仅限于少数民族身份的民族文学翻译家，而应该放宽胸怀关注那些执着于民族文学翻译事业，甘做不同文化间桥梁、无私奉献的陈雪鸿、苏德新等汉族翻译家。

"峭崖上发现两只犄角 / 是哪个蠢货扣动了扳机 / 上腭上仍挂着初乳 / 你的眸子里滚动着无尽的哀伤 / 像人一样瞅着我的眼。"作为一个翻译，我深知，译者的审美和价值观决定了一首诗歌文本的诞生。翻开苏德新诗歌翻译本，《致受伤的松树》《黄羊挽歌》等诗让我对苏德新关怀生命、关怀自然的情怀深为感动。他于80年代初开始业余从事文学创作和文学翻译，译著有《荒原记忆》《库尔察克》《阿克肖尔的黄昏》等长篇小说，有《慕士塔格阿塔不会忘记》《没被爱过的黑眼睛》等中短篇小说集。翻译作品曾获第十六届汗腾格里文学奖翻译奖，第三届天

翻译家苏德新

山文艺奖作品奖，第十届全国骏马奖翻译成就奖等多个奖项。

苏德新不只是一个翻译家，他还是一位诗人，著有诗集《浑圆的沙城》《一束光流过时间的痕迹》。"你看不见，你体内的月光……/心中燃烧的是你的孤独。"（《一棵树的见证》）他这样描写一个体内有着月光的"诗树"。我静读其诗集《一束光流过时间的痕迹》，总能体味一种对信仰的坚守和追随。

2011年的金秋时节，我有幸参加民族文学杂志社与鲁迅文学院第十六届高研班暨新疆作家班座谈会，认识了苏德新先生。

于是，我们进行了一次关于文学翻译的对话。对话，展现了苏德新从事维汉文学翻译的历史背景和一路走来的艰辛，探讨了文化差异性对文学翻译的影响、翻译在文化交流中的作用等共性问题，从翻译主体视野解读了当前少数民族文学翻译所面临的问题并提出了建议。

哈森：您是怎样走上民族语文翻译道路的？作为一位汉族同志，是什么使得您选择了译介维吾尔文学的道路？

　　苏德新：1951 年 1 月 10 日，我生在甘肃。九岁来到新疆塔里木河边一个农场上完了小学。当时新疆提倡双语教学，但缺乏师资力量，沙雅一中办了个翻译班，我有幸被招进了那个班。三个学期后，我又有幸考进了新疆维吾尔自治区党校翻译班。学习八个月毕业后，又有幸赶上阿克苏军分区征招十个翻译兵，便应征入伍，一干就是十五载。1987 年转业被分配到阿克苏地区税务处从事税收翻译工作。参加了新疆大学汉语言文学自学考试并取得大专文凭。1990 年恢复职称后，我被评定为翻译职称。

　　说起我的文学翻译，不能不说《民族文学》。《民族文学》是我走进文学翻译殿堂的出发点。我的翻译处女作《白日做梦》就是发表在《民族文学》1999 年第 2 期上。译文的发表，给我的文学翻译带来了自信，我接连翻译了维吾尔、塔吉克等民族大量的文学作品，仅在《民族文学》发表翻译作品就达 57 篇。作品入选《中国当代少数民族文学翻译作品选》《新时期中国少数民族文学作品选·维吾尔族卷》《新时期中国少数民族文学作品选·塔吉克族卷》《中国当代少数民族文学翻译作品选粹·维吾尔族卷》等多部文集。2006 年 4 月起我先后参加了中国作协、民族文学杂志社举办的首次中国新疆少数民族作家、翻译家东部行采风活动，"全国少数民族作家改稿班"活动；2011 年 8 月，还参加了鲁迅文学院第十六届高研班学习，大开了眼界，结识了当代著名的各民族作家诗人。我对文学翻译更加执着，把译笔伸向新疆少数民族著名作家、诗人的作品，几乎每年都有几十万字的文学翻译作品发表。我暗暗在较劲，争取成为一名合格的文学翻译家。

　　要说我当初为什么选择翻译专业，这可不是三言两语能回答清楚的问题。一个人的命运大多情况下都不是掌控在自己手里。我想，选择翻译专业，因为当时翻译很吃香，很热门，好混饭吃。

　　哈森：真是大实话啊。那么，在多年翻译生涯中，您一定遇到过很多有趣的、难忘的，对您的成长有着很大影响的人或事吧。能给我们讲一讲吗？

　　苏德新：1973 年 1 月，我被分配到温宿人武部中队。那是我军旅生涯的起点，也是我成长进步的摇篮。因为我入伍前就是学翻译专业的，就被分到了民族班。执勤训练时，我都是边训练边练习同声传译。当时，中队的战士有的不识字，不管汉族还是少数民族，来了家信，甚至女朋友来了情书，都悄悄地找我给他们念，完了还要叫我帮他们写回信。他们对我的信任让我感动。我的战友和领导对我很是信任，他们也知道我是经自治区党校培养的翻译人才，经常抽调在武装部工作，一些机密级、绝密级的文件都要求我去翻译。

1975 年 1 月，我调到温宿人武部任翻译，部长是李小科。他每次下去检查工作都带我。讲话稿，要求我写出来再翻译成维文；有军事活动，也要我去组织。就在那一年，有个水文测绘部队进驻温宿县测绘水源。县委领导和武装部领导都非常重视，当晚在广场举行了隆重的欢迎仪式，请来了文工团演出节目。部队首长要致答谢辞，就把我叫去当翻译。那位首长讲话没稿子，讲了一大串儿答谢词。我看下面有几千人吧，黑压压的一片，别说翻译了，他讲了些什么，慌得我都没有记下。我还没翻译上几句，下面一阵哄笑，我一阵紧张，眼前一黑，就什么也不知道了。那次，算是我走上工作岗位出的最大的一次洋相。

哈森：事实上，那次失败让您更加奋进了吧。那么，在翻译中，文化的互译问题上有过哪些困惑和困难？您认为两种文化的差异对文学翻译的障碍有哪些？

苏德新：说到翻译，不能不说语言；说到语言，不能不说母语。一个人的母语可以说是天赋的、自然天成的、融化在血液里的。母语以外的语言都是后天学来的，对学来的语言，你就是学得再精通，充其量也就是能把学来的语言翻译成母语，就这都得费很大的神。如果一个人从小就离开母语去学外语（指母语以外的语言），那几乎就成了异族人一样了。

传统译论和当代译论深受"原作中心论"的影响，都以原作为中心，为维护原作的权威，忠实于原作的形式和内容作为译作的最高原则。我在翻译实践中遇到的最大困惑就是转义词的翻译，比如维吾尔语"脚底下过风"，逻辑含义是"安然无恙，平安无事"的意思，您说这样的词能直译吗？实践中类似的词语很多很多，弄不好就直译了，搞得读者不知所云，一头雾水。由于文学作品表达上的暧昧性、模糊性、不确定性的特点，忠实和准确没有确定的标准，翻译家对原文的不同理解，常常出现不同的译文。译界前贤言犹在耳："译应像写"（罗新璋），"理想的译文仿佛是原作者的中文写作"（傅雷）。尤其当下新疆的文学翻译，我们面对的并非大师级的原文本作品，在翻译实践中遵循"译应像写"和"理想的译文仿佛是原作者的中文写作"，尤为必要。

哈森：译者对两种文化的理解以及恰如其分地找到对应或接近词是译作成功的关键吧。请您谈谈对"翻译在文化交流中的作用"的认识？

苏德新：根据《圣经·旧约》记载：洪水大劫之后，天下人都讲一样的语言，都有一样的口音。诺亚的子孙越来越多，遍布地面，于是向东迁移。他们遇见一片平原，定居下来。由于平原上用作建筑的石料很不易得到，他们彼此商量建造一座城和一座塔。由于大家语言相通，同心协力，建成的巴比伦城繁华而美丽，高塔直插云霄，似乎要与天一比高低。没想到此举惊动了上帝！上帝看到人们这样齐心协力，统一强大，心想：如果人类真的修成宏伟的通天塔，那以后还有什么事干不成呢？一定得想办法阻止他们。于是他悄悄地来到人间，变乱了人类的语言。这虽然是个神话故事，也说明人类自从有了不同的语言，翻译也就应运而生了。我想这也就是翻译的起源吧。

要了解操另一种语言的另一民族所居住的世界，该民族的文化，尤其是文学，只有通过翻译才有可能，这已为世界各国各民族之间相互关系的全部历史所证实。的确，如果认真地审视一个伟大民族的兴起、发展和兴旺，我们会发现，翻译艺术在民族精神的形成中占有突出的地位。首先，一个社会要延续发展，需要不断地吸收外来的养分。在这个过程中，翻译活动起到了不可替代的作用。其次，翻译艺术对整个社会还具有信息传播和文明开化的作用。翻译是传播社会信息的重要方式之一，翻译创作再现了信息，翻译传播传递了信息，翻译艺术保证了信息的接收。文学翻译凭借着鲜明的语言方式和独特的艺术魅力，散发着永恒的光辉。

哈森："你总是无辜地背负我们的罪恶／像一束光流过时间的痕迹／

人生之杯总是半杯,难有一杯／你将火山般的爱留在尘世。"这是您的诗,读着感觉与您信奉的宗教有关。记得上次您说过您的父母是天主教徒,能否跟我们谈一谈他们呢?

苏德新：我的母亲叫任桂英,于宣统二年（公元1910年）出生在一个虔诚的天主教徒家庭。她没念过书,目不识丁。但她每天都要进堂参与弥撒,所以《圣经》中的故事她几乎都能讲出来,祈祷经文都能倒背如流,甚至拉丁弥撒她都能唱出来,什么"仁慈、矜怜、怜悯、宽恕、罪愆、忏悔"等文绉绉的词语在她的口语里都能应用自如。母亲41岁才生的我,她特别疼爱我。因怕我早早死去,我的乳名就起了"望德"（天主教信条里有信、望、爱三德）。比起别的农家妇女来她更操心我念书,在我上学的问题上她从不含糊,只要有可能,就是砸锅卖铁她也会让我去上学,也许是她吃

苏德新译著

够了没文化的苦吧。她希望我长大了当个医生或者当个老师,可我一样也没当成,她的愿望一样也没实现。不过,她"忏悔自己,宽恕别人"的做人准则对我为人处事有一定的影响。她于1973年3月病逝。

我的父亲叫苏永福,生于光绪三十一年（公元1905年）。在他7岁时,祖父病逝,祖母改嫁。我的父亲排行老大,他们兄弟五个,因无人抚养,被送进了天主教会办的育婴堂。他后来也皈依了天主教,并在天主堂里打工做饭,直到结婚。父亲在我的印象里是个永不停息的劳作者,他除了休息就是侍弄他的庄稼和牛羊。他不管家务,不花钱,甚至连钱都不认识。他勤劳而谦卑,无论在生产队干活还是在自留地干活都会精耕细作,他对他的上司的安排总是唯命是从,我从未见过他跟别人红过脸、发生过纠纷。我想可能是他当惯了奴隶,习惯了逆来顺受。他虽然不识字,

但他还常常用他的一句座右铭来教育我："火心要空，人心要公。"这些就是常常萦绕在我脑海里的生硬而又坚定的忠告。每当我欺骗自己，以为人生旅途中潜在的严重问题会奇迹般出现转机时，父亲的话总能纠正我。他于 1983 年 10 月逝世。

哈森：朴素的教义，朴素的家教，教诲出了一个朴素、谦和、执着的人。最后，我还想请您讲一讲，您觉得目前维汉翻译方面存在哪些问题？您有哪些建设性建议？

苏德新：文学翻译绝非急功近利的事情，应该持之以恒，有个长远的规划才行。从文学翻译人才的培养，文学翻译人员的职称评定和生活待遇，文学翻译作品的发表园地和翻译稿酬，以及对文学翻译作品的评论，这些问题都亟待加强。

文学翻译是跨文化的创作，翻译创作比母语创作要难得多。译者不但要熟谙译出方文学，更要熟谙译入方文学。很难想象一个对诗歌一无所知的人是怎么翻译诗歌的。如果译者连"彳、亍"二字都不认识，很难想象在翻译时能用到它们。

大家知道中国是个除汉族以外有着 55 个少数民族的国家。尤其新疆作为一个多民族、多语种的地区，竟没有一家专门发表文学翻译作品的汉文杂志，过去有的《民族作家》，也因种种原因早就被砍掉了。现在仅剩下《民族文学》发表翻译作品，因其篇幅有限，发表的翻译作品也很有限。奇怪的是新疆本土的汉文期刊也不肯发表少数民族翻译作品。更不要说全国性的大型文学刊物了。其实目前新疆文学翻译面临的最大难题就是经费问题、发表园地问题和人才培养问题。

就我个人的愚见，我认为：在水平相等的情况下，少数民族文学翻译作品应该被鼓励在主流文学刊物上发表。尤其是当地的汉文主流文学刊物，更应该多刊登一些少数民族文学翻译作品。这样，少数民族文学翻译作品就可以在汉族读者和评论家中引起一些反响。起码可以让他们看一看当下少数民族作家在写什么，在想什么，在思考什么。如果还是一味地给他们"自留地"，那他们种出的庄稼是融不进"大条田"的。自留地里的庄稼都是供自己享用的。只有"大条田"里的庄稼才是供大家共享的。

文学作品是艺术品，翻译作品打造其艺术性是译者的要务。从目前新疆翻译出来的作品看，还有许多不尽人意的地方。你不能说人家一部比较好的作品，在母语读者中受到欢迎的作品，译成汉文就黯然失色，让读者嗤之以鼻，这样的翻译作品不能不说是败笔。我想我们的文学翻译作品应该宁缺毋滥，译一部成功一部，少些滥竽充数，做到对得起作者，对得起读者，对得起历史，把真金白银用在刀刃上。

哈森：作为一名汉族同胞，您为民族文学翻译事业如此费心费力，不由让人肃然起敬。今天一席话，真是让我受益匪浅。感谢您接受采访，并做如此细致的回答。在今后的翻译道路上，一定要向您学习，学习翻译理论，更要学习您对民族文学翻译的执着精神。再次感谢您。

2012 年 3 月 11 日　北京—阿克苏
2016 年 4 月 5 日　　北京—阿克苏

文学翻译的穿越感中：寂静、欢喜

——藏族文学翻译家龙仁青访谈

和野花一起出生

和羊羔一起长大

经过了几次转场

乳牙已换成新牙

不懂得假装的黑眉毛下

那一对没有阴影的清泉

依然清澈明亮

圆圆的脸庞与野花在一起

被雨水洗得多么干净！

清脆的童谣

把白云和羊群收拢在一起

雨后的碧空也一如她的脸庞

干净明朗

世界，只有夏牧场和冬牧场

那里有几眼泉水

开着什么野花你了如指掌

无意间低头沉思

渴望自己也像姐姐一样

拥有一串松耳石项链

却又不知为什么要它

……

翻译家龙仁青

这是藏族母语诗人居·格桑的诗，题为《牧羊姑娘》。一幅无污染的藏族生活画卷，无论生态还是心灵的描绘，纯净无瑕如甘泉。我借助龙仁青先生的译笔读到了这样美妙的诗歌。

龙仁青的大名，早已通过他的原创文学、翻译作品以及他编著的《仓央嘉措秘史》等著作，颇为熟悉。虽然与他相识也有两年多，但一直没有合适的时机与他进行这样的深度交流。

龙仁青父亲是汉族，母亲是清末民初就汉化了的藏族。而他出生在青海藏区，从小读的藏文。他热爱藏族文化，心甘情愿为他生长的家乡、为藏族文学的"走出去"做了大量的译介工作。从文化属性来说，我们应尊称龙仁青先生为藏族文学翻译家。

现将与龙仁青先生围绕藏汉文学翻译进行的一番谈话呈献给读者，敬请大家了解这位将藏汉文学翻译欣然视为宿命与使命的翻译家博大、温情、细腻的人文情怀，让我们与他一道在文学翻译的穿越感中，寂静、欢喜吧。

哈森：您好，龙仁青先生。想必，在我之前有不少记者采访过您。但我相信，作为文学翻译同行，我们之间的谈话会擦出一些不一样的火花。您是怎样开始文学翻译之旅的？一定有一些值得纪念的往事吧？

龙仁青：有记者采访我，问到同样的问题。我说，我从小接受汉藏双语教育，掌握着汉藏两种语言和文字，自己又一直从事文学创作，所以，翻译就成了我自然而然的事，或者说是我的一种宿命。当然，我说的是文学的翻译。在此之前，我曾经在青海广播电台的藏语广播部工作，当时的工作分工不是很明晰，同时担任新闻翻译、采访、编辑等工作，翻译是其中最主要的工作。您知道，新闻是非常讲求时效性的，所以，当时的新闻翻译工作往往很紧张，记者刚刚采写的稿件，需要在很短时间内翻译出来，并且在当日广播中播出。这样一种经历，锻炼了我的翻译能力，应该说，为我日后的文学翻译工作打下了基础。

从事藏语广播工作期间，我已经开始写一些文学作品，并在当地一些报刊发表。创作之外，也时常把一些文学作品互译，投给报刊发表。但那时候没有意识到文学翻译工作。会在我以后的生活中占据如此重要的位置。

若说在翻译工作中有影响力的一件事，当属对端智嘉先生小说作品的集中翻译。那是 2007 年，当时在北京电影学院学习的万玛才旦来到西宁，与我谈起将端智嘉小说改编成影视剧的事，他约我加入他的这一计划，我欣然应约。那时，他刚刚拍摄完成他的处女作电影作品《静静的嘛呢石》，获了大奖，一时间声名鹊起，便想把对自己走上文学和电影之路产生深远影响的端智嘉先生的作品改编成影视作品。我们曾是同一中专师范学校的同学，彼此相熟并十分了解，这也是他特意找我的主要原因。我们计划先把端智嘉的作品翻译成汉语，下一步再做改编影视的工作。如此约定之后，便分头开始翻译。后来，万玛才旦由于电影创作上的成功，无法从这一工作中脱身，端智嘉先生作品的翻译工作便落在了我一个人的身上。我大概用了两个月的时间，翻译完成了八部中短篇小说，通过端智嘉先生家人的授权，于 2008 年在青海民族出版社正式出版。这件事，使我和文学翻译工作结下了不解之缘。

哈森：作为一名作家、诗人、翻译家，请您谈谈创作与翻译之间的不同，及其相互作用。

龙仁青：创作和翻译，创作是自己的，而翻译是在用另一种文字呈现别人的作品。从实用主义态度出发，当然是创作远远重要于翻译。但情况似乎不这么简单。就我个人经验而言，翻译给人带来的愉悦，有时候似乎多于创作。翻译首先是一种再创作，它具备了创作所要面对的所有欢乐和痛苦（而这痛苦也会转化为欢乐吧），同时，翻译还是一次发现和学习的旅程——伴随着翻译的，并不是简单的两种文字之间的转换，在这个过程中您肯定需要去查阅字词典、翻阅资料，去咨询、走访、求教等——毕竟，你是在做一种要在两种文字间行走的事，所以，你要有能力穿越才行。

刚才我说，翻译是我的宿命。其实，翻译也是我的使命。2011 年，青海省民族文学翻译协会成立，我当选为该协会的副会长兼秘书长。协会成立不久，就启动了一个五年的翻译计划——《"野牦牛"翻译文丛》的翻译和出版工作，我不但要承担其中的翻译任务，也要承担起一些事务性工作，比如母语原创作品的征集、审读，以及翻译人员的确定、相关工作细则的商榷等等。目前，这项工作已经进行了三年，翻译出版了八部当代藏族母语作家的原创作品，另有四部也会在年内出版。我承担并且完成了《居·格桑的诗》和《仁旦嘉措小说集》两部书的翻译工作。这样的工作中，一种使命感在催促着我，也有一种荣誉感让自己一直乐于从事这样的工作。

文学翻译工作也使得我的文学创作受益匪浅，甚至有很多意外收获。我甚至认为我悄然掌握了一种秘密，那就是将来自两种文字阅读、写作的经验互换，让来自一种文字的发现或感悟在另一种文字中有所体现，这可能比单纯用一种文字写作的人更多了一种可能性。比如，藏文的遣词造句和叙述方式，有着它自己的一种独特的美，这种美，也可以尝试在汉文写作中得到呈现。

哈森：翻译，真是会让身为作家的译者多一种可能。那么，您是如何看待少数民族母语创作"走出来"的过程中，文学翻译的作用？

龙仁青：藏族诗人班果曾经写过一首小诗，诗中把文字比作两条各自流淌的河流，而翻译使得两条河流汇合，气势更加浩荡。我已经不记得原诗的句子，但每次说到翻译，我就会想起这首诗。在我的想象里，

龙仁青新作

母语原创的作品好似一匹骏马，当它一路驰骋，越过草原和山岭，逐渐抵达海边的时候，它也就抵达了它要抵达的最远的地方。所以，我们还要借助渡船去抵达更远的地方。这，便是我所理解的翻译。

哈森：这个比喻很诗意，也很贴切。面对藏汉文化差异性对翻译的阻力，您是如何看待文化的差异性的？又是如何解决这些阻力，发挥文学翻译的创造性的？

龙仁青："我只看了你一眼，你也看了我一眼，目光相遇的瞬间，命运就从此相连。"这是一首藏族民歌，流行于卫藏和康巴地区。我惊讶于这首诗的直白简约，也惊讶于它的意蕴深刻。记得第一次遇到这首诗，我就有一种想把它翻译成汉语的冲动，但这简单的二十四个字（原诗为四句，每句六字），却把我难住了。几经斟酌，几番修饰，总算译了出来，但在美感和韵律上却依然不抵原诗的优美。原诗中恰如其分地运用藏语普通语汇与敬语，在审美上形成落差和悬殊感，表达了"我"的卑微和渺小，"你"的尊贵和高高在上，从而把"我"对"你"的那

份痴情、真诚、仰慕和遵从都表现得淋漓尽致。通篇没有用"我""你"这两个人称代词，而每一句都隐含着这两个人称代词。

而这样的情况，几乎在每天的翻译工作中都会遇到。文化的差异性，使得有些学者提出了"不可译"的说法，这种说法基于不同的语言文字所代表达的特有文化背景之上，的确不无道理，然而，翻译作为语言文字间不可或缺的介质，又是那样的意义非凡。有记者曾经问我翻译与创作之间孰轻孰重的问题。我说，翻译让我有一种穿越感——自由穿梭于两种语言文字之间，隐身、消遁在一种语言文字中，又在另一种语言文字中复原、出现，这是一种享受。这样的享受，我想是不亚于魔术师面对观众的惊讶与赞叹的。所以，其间的欢乐与甜蜜，有时候似乎超过了文学创作。

翻译必然要遵循一些基本原则，比如忠实性原则，比如"信、达、雅"等等。我个人认为，更多的时候，翻译是在试图寻找一种途径，寻找一种如何接近原文，并把原文以另一种文字尽力得到呈现的途径。近年来，我搜集、整理、翻译了一些藏族情歌——拉伊。这是流传在藏族安多地区的一种民歌，抒情却又直白，富有生活气息，非常动听。开始面对这些优美的民歌时，感到几乎无计可施。但慢慢地，我找到了一种途径，并顺着这种途径，抵达了民歌原意的近处。这个过程，很像是面对一个体系繁杂的玩具，拆解之后，再进行组装，最终让它以另一种外形呈现，我对这个游戏充满好奇，并认定这是一个崇高的游戏。

哈森：您说"文学翻译的穿越感，是一种享受"。我作为一名文学翻译，感同身受。记得您以前是一位影视编导，您怎么决定舍弃那份比较"耀眼"的工作？

龙仁青：我曾经在青海电视台工作，工作是影视编导。但我选择从这个工作中抽身，去做文学创作和翻译工作，目前已调至青海省文联。这样的选择，最重要的原因是，就兴趣和爱好而言，我意识到自己应该按"减法"生活了。年逾不惑，已没有太多的时间投入头绪繁多的工作中去了。影视，是一个创作周期远远长于文字的工作，也是一个程序繁杂的工作，须由团队完成，而不是文学创作以及文学翻译的单打独斗，相对简单和安静。一部影视作品，往往要耗去很多的时间才能完成。如果我依然去做这样一份工作，会影响到我的文学创作和翻译。经过一段时间的权衡，我决定从影视工作中淡出，把更多的时间留给文学创作和翻译。

哈森：减法生活，有舍有得。记得我阅读的第一本关于仓央嘉措的书，还是您编著的。作为国内流行的版本颇多的仓诗译本，您一定有自己的见地，能否与我们分享呢？

龙仁青：我很早就开始关注仓央嘉措诗歌。2005 年，根据手头所掌握的有限资料，写了一本小册子《仓央嘉措秘史》，由青海人民出版社出版，那应该是当下图书市场上最早的仓央嘉措图书之一。有关仓央嘉措的诗，在网络，在各种媒体已经有太多的说法。看上去众说纷纭，热闹非凡。仿作频现，伪作频出，已经到了繁乱不堪的境地。2012 年，花城出版社出版了我和梅朵撰写的《仓央嘉措诗歌地理》，这本书的附录部分，收录了我重新翻译的仓央嘉措诗歌，共计 124 首。之所以重新翻译，一是对这位尊者表达敬仰之情，也想从侧面为仓央嘉措诗歌爱好者提供一个鉴别的蓝本；二是纠正了部分之前译本中出现的错讹。

仓央嘉措诗歌，是藏族母语诗歌的瑰宝，是藏族对世界诗歌创作的伟大贡献。我相信，终有一天，仓央嘉措诗歌将去伪存真，绽放其熠熠的光辉。而那些冒充和伪造的东西，也自然会在这光辉下化为灰烬。正如藏族谚语所说：一轮红日当空照，萤火虫儿奈若何。

哈森：作为翻译工作者，我们有责任在译介和传播中捍卫文化的纯洁性。大浪淘沙，也相信时间会给我们最好的答案。最后，您能否给我们讲一讲您的成长经历？

龙仁青：我出生在青海湖畔一片叫铁卜加的草原上，那里是一个纯牧业区，也有小片的农田，种植着青稞、油菜等。我的父母是从青海河湟农业区讨生计来到这里的，我出生在他们在此安家的第二年——1967年。我父亲是汉族，母亲则是在清末民初便已经基本汉化了的藏族。我的名字体现了我的家庭构成——龙是我父亲的姓氏，仁青则是我的藏族名字，意思是宝贝。

我从小会说汉藏两种语言，在当地用双语教学的学校上学，直至大学毕业，一直是在双语教学的环境下成长和学习。1986年7月，我从海南州民族师范学校毕业，被分配到青海人民广播电台藏语部工作，主要工作是新闻翻译和采编。我的文学创作和翻译，也大致从那个时候就开始了。

我后来先后从事过报纸编辑、电视编导、网络采编等工作，目前在省文联工作。

哈森：习近平总书记的《之江新语》里说道："敬业是一种美德，乐业是一种境界。"现在，像您这般潜心、静心、安心做民族翻译的人是不多的。向您致敬。也感谢您接受我的采访，让我有"听君一席话，胜读十年书"的感慨。扎西德勒！

2014年6月　北京—西宁

2016年4月更新的龙仁青创作（包括翻译）年表

一、创作作品

1. 小说集《锅庄》（青海人民出版社，2003年）

2. 小说集《光荣的草原》（青海人民出版社，2009年）

3. 传记《仓央嘉措秘史》（青海人民出版社，2010年）

4. 传记《仓央嘉措歌传》（青海人民出版社，2011年初版。2012年、2013年再版，目前系第7次印刷）

5. 随笔《仓央嘉措诗歌地理》（合著，花城出版社，2012年）

6.《龙仁青藏地文典》之小说卷《咖啡与酸奶》（独著，花城出版社，2016年）

7.《龙仁青藏地文典》之散文卷《马背上的青海》（独著，花城出版社，2016年）

8.《华毛诗集》(独译，作家出版社，2015 年)

二、翻译作品

1.《端智嘉经典小说选译》(青海民族出版社，2006 年)

2.《居·格桑的诗》(作家出版社，2012 年)

3.《仁旦嘉措小说集》(作家出版社，2013 年)

4. 扎巴获奖小说集《青稞》(青海民族出版社，2013 年)

5. 吉狄马加诗歌集《火焰与词语》(合译，青海民族出版社，2013 年)

6.《格萨尔王传》之《敦氏预言授记》(青海人民出版社，2014 年)

7.《格萨尔王传》之《柏如山羊宗》(西藏民族出版社，2014 年)

8. "龙仁青藏地文典"之译文卷《一路阳光》(独译，花城出版社，2016 年)

民族译坛上的西部牛仔
——记哈萨克族翻译家贾尔肯

　　采访中国民族语文翻译局哈萨克翻译室主任兼译审贾尔肯同志，听了他在民族翻译事业道路上一路走来的艰辛、刻苦与不断进取的富有传奇色彩的故事，我不由想到一个词——"西部牛仔"。但我不知道这个比喻是否准确，于是在百度里搜索"西部牛仔"的含义：西部牛仔（West cowboy），是指 18 至 19 世纪的美国，在西部广袤的土地，一群热情无畏的开拓者。在美国历史上，他们是开发西部的先锋，他们富有冒险和吃苦耐劳精神，因此被美国人称为"马背上的英雄"。

　　是的，我的比喻比较准确。贾尔肯——中国西部蓝色的哈萨克草原之骄子，一个十几岁就开始了翻译生涯的哈萨克人，一个肩负着国家与民族重要使命的民族语文翻译家，民族译坛上写满传奇的西部牛仔。

从蓝色的哈萨克草原到首都北京，一路传奇

　　贾尔肯说："说句玩笑话，老天注定让我当翻译。"

　　贾尔肯 1954 年 3 月出生于新疆伊宁市。小学读的母语学校。在他小学毕业那一年，伊宁市第八中学成立，从 14 个民族小学毕业生当中

选 50 名成绩最好的学生，直接升汉语授课初中班。这个初中，像民考汉大学一样，第一年是预科班，专门学习汉语，然后直接汉语授课。就这样，初中毕业时，他打好了汉、哈双语基础。年少的贾尔肯，当时的理想不是当翻译，而是想考内地的大学。1970 年，他初中毕业了。历史的大环境驱使下，他和千万个初高中毕业生一起下乡接受贫下中农再教育。他下乡到了新疆昭苏县团结牧场，开始是在农田队劳动。团结牧场当时有维吾尔、哈萨克、蒙古、汉四个民族，也通用四个民族语言。贾尔肯刚到牧场的时候，场部还有翻译。没过几天，翻译因有历史问题被"打倒"了。由此，场部每天晚上的批判会无法进行，东找西找都找不到翻译。他们听说知青联一个哈萨克小伙子懂汉语，硬是把少年贾尔肯拉过来当翻译。虽说他刚开始翻译得一塌糊涂，但场部总算有了一个翻译。

半年后，场部为了把他培养为正式翻译，送进师范学校进修，一年半的课程结束后，获得中专文凭的他被分配到了县粮食局当翻译。就这样，1972 年，贾尔肯正式开始了职业翻译的生涯。

当时，县团委先前有的翻译，能用的已被"打倒"，需要翻译文件时很棘手。于是，让贾尔肯兼职"机关团委委员"，实际上是需要他的翻译技能。不久后，他正式到县团委当了翻译。1974 年，县委宣传部借调他去做文件翻译。从那时起，贾尔肯有了做职业翻译的理想，开始研究翻译，琢磨怎样才能当好翻译。他听人说，当时没有翻译这个学科，要研究出翻译的门道，必须自己多练，多实践。于是，为了提高翻译能力，他利用业余时间开始了文学翻译，试译了《海岛女民兵》《威震敌胆》等中篇小说，虽说社会评价一般，但人们很赞赏他的刻苦努力。

当我问起他刚刚从事翻译时难忘的往事时，他给我讲了很多有趣而发人深省的故事。

要说最难忘的事，那是刚到团结牧场时，他只有 15 岁。场里每晚都有批判大会，大家在喊"打倒"，但是很多人连自己在喊什么都不知道。一次一个汉族同胞在被一群维吾尔族同胞们批判。那个汉族同胞说："你们让我当采购员，我就当采购员了嘛。"场部的人让贾尔肯翻译这句话。

哈萨克族翻译家贾尔肯

15 岁的他，脑子里根本没有"采购员"这个词汇。于是他给翻译为"你们让我买菜，我就去买菜去了"。结果，那个汉族同胞被乱打一通。小贾尔肯害怕极了。他不知道自己哪儿译错了，更不知道那个汉族同胞为什么会挨打。由此，他知道了一个道理：翻译当不好，也是会害人的。之后的日子里，每当场部开批判大会时，他都小心翼翼，不懂的时候，多问当事人，不会表达时，绕着圈也得努力表达清楚。

要说最有趣的事，是翻译新疆粮食厅文件的时候。当时，自治区的文件都是维吾尔文下达的，需要他在会场上用哈萨克语翻译传达。文件中提到了一个草本植物，叫"蓖麻"。当时，贾尔肯只知道这个词的维语发音，而在哈萨克语里找不到对应的词汇。会场上，来不及询问谁，也没有字典可查，他就直接说了维语的发音。结果全场人哄然跑出会场。惊奇之后，他才知道那个发音在哈萨克语境里是很难听的。由此，这个词相当一段时间里成了他的绰号，让他十分尴尬。当然，对他而言，这也是一次深刻的教训。

也许，人们的传说帮了贾尔肯一个大忙。1975 年，在北京的民族出版社，急需汉哈翻译，听说新疆有一个哈萨克小伙子翻译得不错，就借调他来北京工作。本来借调期为 3 个月，但是后来延长又延长，一年半后才让他回到新疆。

在民族出版社，他正式开始了文字翻译，也算是系统地接触了翻译这个行当。1975 年他翻译的普列哈诺夫的《论个人在历史上的作用问题》（单行本）出版了，这是他从事经典著作翻译的起步。

从北京回新疆，那是 1976 年，州组织部不让他回原单位工作了，让他去州党校的翻译班当老师。

去州党校之前，还有一个有趣的小插曲。组织部起初安排他到州日报社工作。去日报社报到的第一天，他进办公室，整理好办公桌，刚点了一根烟，有一个人进来坐在他邻座上。抬头看了一眼这个人，他惊呆了，原来是他的父亲。原来，他的父亲也在日报社编辑部工作。没想到，居然把父子俩安排到了同一个编辑室。小伙子忽然浑身不自在了。对一个年轻人来说，跟自己的父亲在一个办公室工作，怎能自在呢？于是，他找到了组织部，说自己不去日报社工作。州组织部先前没有考虑到这两个人的关系，所以也觉得不妥，就安排贾尔肯去州党校翻译班当老师。

州党校翻译班一百多名学生，只有两名老师。另一个只教汉语语法。贾尔肯把一百多个学生分了两年快班和三年慢班两个班，不分昼夜地扑在汉哈翻译人才事业上，自编教材，教书育人。他说，现在他所培养的学生遍布新疆各个地方媒体，文化事业单位，有的还当上了厅级官员。

1979 年底，在哈萨克语翻译方面已小有名气的贾尔肯正式调入刚刚恢复的中央民族语文翻译局，开始了党和国家重要会议文件以及文献的翻译生涯。

从党和国家会议到国际会议，一路庄严

1979 年至今，贾尔肯在中国民族语文翻译局，从一个普通的翻译，成长为哈萨克语文翻译室的主任、译审。他参加了马恩列斯著作、普列哈诺夫著作及毛泽东、周恩来、邓小平、江泽民、胡锦涛等国家领导人

著作以及党和国家重要会议文件的翻译。30年来，他一路耕耘、勤洒汗水，翻译审稿量将近800万字，取得了累累果实，并任劳任怨地做了难以数计的与业务相关的工作，全心全意为少数民族和民族地区提供翻译服务，为哈萨克族读者提供了高质量的精神食粮，及时为少数民族地区宣传了党的路线方针政策。他有着常人难以具备的拼搏、奉献和牺牲精神。在他的人生路上，充满了荆棘和艰难，也铺满了荣誉的鲜花，无数次赞叹的掌声为他响起。贾尔肯同志曾荣获全国人大、政协会议秘书组先进工作者、国家民委系统青年学习标兵，先后六次被评为中国民族翻译局先进工作者等荣誉称号。

翻译是一门科学。做好翻译工作需要一生的钻研，不断地积累和执着地奋斗。初到翻译局的日子里，在工具书奇缺，也没有复印条件的情况下，他费尽种种努力借到了专业工具书——《哈萨克语详解词典》，并利用几个月的业余时间，废寝忘食地抄写，最后以蚂蚁啃骨头般的毅力抄完了这本一百多万字的巨著。他就是如此如饥似渴地充电的。这可以说是一次刻骨铭心的学习经历。由此看得出，为了做好民族语文翻译工作、为民族地区服务好，他付出了何等的努力和艰辛，他是多么热忱而执着地对待着自己的职业啊！

每年的2~3月，民族语文翻译局要承担全国人大和政协会议文件翻译，是一年里最忙的时刻。汉文文件一般都是在白天讨论修改，等翻译局拿到汉文最后定稿的时候，一般都是在大会上宣读该文件的前一天晚上。如果不连夜加班加点地干，文件第二天根本无法按时、保证质量地提供给少数民族代表和委员们。而为此，有时需要一连几个昼夜连续作战，每天只能休息一两个小时。作为哈萨克语文翻译室的主任，届时他的担子尤为沉重。他深知翻译工作中出了一丝差错，都会影响到本民族代表和委员及时、迅速、准确地领会国家的大政方针，会议的决议、精神的效果。每天他都是最早来工作，最后一个休息。一个月下来，贾尔肯同志的脸都熬成了铁青色。因此，大家给这位拼命三郎送了一个雅号，叫铁人贾尔肯。

2005年，哈萨克语文翻译室的工作任务最为繁重。按计划，那一年底《汉哈新词术语辞典》和《资本论》（一卷）哈萨克文翻译稿必须发稿。另外还有全国人大、政协会议文件，2004年法律汇编和中央领导重要讲话等的翻译任务。同时，还要组织好支部的党员先进性教育工作。别的不说，单就一本深奥的《资本论》，足以让哈文室全体人员翻译一年的。任务很重，真正能坐下来搞业务的时间屈指可数。就在大家拼命地挤时间、赶速度的时候，由于疲劳过度和长时间伏案工作，贾尔肯右脚开始浮肿。开始他没有理会，后来脚肿得连鞋子都穿不上了，还伴有低烧。经大家劝阻他才停止工作到医院检查，后来确诊是丹毒，需要输液消炎。医生劝他要按时输液，好好休养。因实在走不了路，他只好待在家里休息。在家休养的几天，他一心想着工作进度，心急如焚，无奈只好电话联络大家，指挥大家作战。为了尽快消肿，医生要求他必须把脚平放和抬高躺着。他躺在床上侧着身继续翻译和审稿，任家人劝阻都不听。没过几天，病还没痊愈，他就急着去上班了。由于仍然在伏案工作，血液集中到脚部回流困难，每到下午他的脚背肿得更厉害，下班时他一瘸一拐地走上班车。那一年，整个夏天他都只好穿一双硕大的拖鞋上班。

贾尔肯同志在长期的翻译实践中，一直努力钻研业务，在长年的实践中使自己的翻译技能得到不断提高的同时，以自己的真才实学和丰硕的翻译成果在国内哈萨克语文翻译界享有很高的声誉。由此，中华人民共和国外交部先后五次特邀贾尔肯同志参加中国—哈萨克斯坦边界勘定谈判，任命他为中方边界文件哈萨克文起草组组长。先后共审定800多页（16开）的文件。当时，俄汉文文件有四人审定，哈文只有贾尔肯一人审定。在工作任务繁重、责任重大的情况下，贾尔肯同志高效率、高质量地完成了这项光荣而艰巨的任务。在和哈萨克斯坦共和国专家协作的过程中，贾尔肯坚持原则、维护国家利益，指出并纠正了哈萨克斯坦方面在哈萨克文表述中存在的严重错误，得到了双方谈判代表的高度评价。最后，当时的国务院总理朱镕基和哈萨克斯坦总统纳扎尔巴耶夫在该文件上签了字，几百年来两国的边界之争终于画上了圆满的句号。作为文字和口语翻译的贾尔肯同志参加了中哈两国边界勘定谈判的全过程，并为此尽了一个翻译工作者的职责，圆满完成了国家赋予的神圣使命。

采访过程中，我们不由谈到了翻译中两种文化的互换问题。贾尔肯同志给我举了一些有趣的例子，生动阐释了文化的差异引起的用词习惯的不同。比如，"乌鸦"在汉语语境中是"灾难与不祥"的征兆，而在哈萨克语语境里却是"吉祥"的征兆，如果哈萨克语言文字里出现了"乌鸦拉到头上"，那将是要发财的暗示。所以，翻译工作者不仅要掌握好两种语言文字，还得对两种文化的内涵了解透彻，否则会引起翻译的硬伤。

谈起汉哈翻译方面目前存在的问题时，贾尔肯满脸的忧虑。他说，当今社会快速发展，科技日新月异，是越来越需要专业翻译的。而我们这个队伍开始势单力薄了。因为现在精通哈语的哈萨克族学生越来越少了，出于个人升学、就业等考虑，家长和孩子们从小学开始就没有把母语教育放在重要位置上。国家要有更好的繁荣和发展，应该更加需要繁荣和发展多元文化。要繁荣和发展多元文化，就要足够的重视作为多元文化间桥梁与纽带的翻译以及作为多元文化载体的各个民族语言文字。

因贾尔肯同志的业务繁忙，我对他的采访有些匆匆而意犹未尽。不过，我从那些富有传奇色彩的叙述当中，仿佛看到了一部电影。那是一部反映民族译坛上西部牛仔的电影。影片中，他向我们走来，他从西部蓝色的哈萨克草原向首都北京走来，带着一路风尘，带来一路花香。他又从金色的首都北京向哈萨克草原走去，带去无限阳光，带去无限希望……

2009 年 11 月 20 日　北京海淀

退休后的贾尔肯

2014 年 4 月，身为哈萨克文二级译审的贾尔肯光荣退休了，但他的翻译事业并未"退休"，他依然活跃在汉哈翻译的舞台上，每年全国两会文件翻译工作以及《习近平谈治国理政》民族文翻译等重大翻译工作中，贾尔肯一次次以翻译专家的身份接受任务，承担起哈萨克文翻译审稿定稿工作，并出色地完成了任务……

2016 年 4 月 30 日

文学翻译界个案或奇迹：哈达奇·刚

　　记得，去年夏天我在呼和浩特采访蒙古族著名翻译家、评论家、民俗学家哈达奇·刚先生时，他说："一个出色的翻译家，要通晓两种语言和文化，要有语言文字能力；要有批评家的素质，有一定的审美和分析能力；要有创作家的素质，译者本身是诗人才能翻译好诗歌，译者本身是小说家才能译好小说。"那天，在医院住院的哈达奇·刚先生欣然接受了我的采访。聊了一下午，我收获满满。回京之后，我忙于各种琐事，整理采访稿的事一直拖延至今日，真是有些心愧不安。

　　这个春天，有幸跟哈达奇·刚先生同事一场。碰巧这时我在读《文化视野下文学翻译主体性研究》这本书。于是，在茶余饭后和哈达奇·刚先生一次次探讨文学翻译的主体性、翻译的阅读性等问题。

　　哈达奇·刚先生告诉我，共十三卷本的《哈达奇·刚著译选》马上要问世了。

　　这是一个令人兴奋的消息。哈达奇·刚先生一直是我文学甚至文化追寻路上的一个楷模、一盏灯塔。他对文学翻译的锲而不舍和取得的不凡成绩，在蒙古族文艺评论界里程碑式的意义，在蒙古族民间文化遗产抢救工作中冲锋陷阵的精神，是被蒙古族文化界公认的，是我们所有致力蒙古族文化的人学习的榜样。

说到这里，该请哈达奇·刚先生亮相登台了：

哈达奇·刚，1949 年 12 月出生，1979 年毕业于解放军西安政治学院。1986 年毕业于内蒙古大学文研班。是享受国务院特殊津贴的专家、内蒙古自治区有突出贡献的专家、全国德艺双馨民间文艺家。现为内蒙古文联副主席、内蒙古民间文艺家协会主席。译审、国家一级作家、研究员、中国作家协会会员、中国民间文艺家协会理事、中国民间文化遗产抢救工程工作委员会委员、内蒙古文学翻译家协会名誉主席，曾任内蒙古蒙古语文翻译职称高评委主任委员、内蒙古《世界文学译丛》杂志的主编。

再往前追溯，哈达奇·刚还在民办教师、打井工人、大队会计、解放军战士和干部等等岗位上锻炼过他的情操和意志，丰富过他的人生和阅历。

在本篇中，我想解读的是在文化大舞台上作为文学评论家、作家或诗人、民间文学研究学者几种角色的哈达奇·刚对作为文学翻译家的哈达奇·刚起到了怎样相辅相成的作用。

首先，作为文学评论家的哈达奇·刚有着自己敏锐的观察力、独到的个人见解、接纳新事物的包容能力和从不同角度去感知事物的审美能力。这就意味着他能比别人更早发现当下的新作品，发现新作品中的闪光点，在阅读赏析的过程中，作为一个翻译家的他，会自主地萌生将其翻译到另外一个他熟练操持的语境当中的念头。这种"不由自主"是一个文学翻译家必有的内在冲动。他在这种与文本"一见如故、相见恨晚"的感受中，非要让"翻译"成为一次对文本的深度阅读，以自己掌握的另一种语言方式再度呈现原著才"善罢甘休"。

20 世纪 80 年代，蒙古族诗坛上出现了朦胧诗、探索诗的热潮。哈达奇·刚先生作为批评家，对宝音贺希格、齐·莫日根、特·官布扎布等人的诗歌进行了宽容的赏读和敏锐的探析，以"八十年代真可谓是蒙古自由诗歌的年代"高度评价了这个文学现象。"早晨·我在梦中醒来 // 太阳 / 正在糊着 / 昨夜 / 照亮我灵犀的 / 星星们 / 点点小孔 // 我沿着

蒙古族翻译家哈达奇·刚

/ 东方一条河 / 向前跑去。"（宝音贺希格《早晨》）这是蒙古族当代文学最早的意象诗。它把"太阳"视作"黑暗的象征"。这在蒙古族文学史上是第一次。由此，汉语读者以及少数民族文学研究者们可以通过译者之笔，了解到蒙古族诗歌划时代的代表作与当时的动态。

"把地球留给孩子们 / 把地球完整地交到他们手里 / 再把我们的创造加上去 / 那晴朗天空上不要有一点阴云 // 让他们抱住那片绿 / 上面不要有冷战的阴影 / 不要有马屁精的嘴脸 / 不要有一点点的血渍……"在人类以工业文明挖空了大地、危机四伏了，才想起来保护地球母亲的今天，这首创作、翻译于 20 世纪 80 年代的蒙古族诗歌，是否有着先见之明？或者可以呈示蒙古族对大自然的崇尚和节制态度。

如果说诸多译者都只擅长于异语至母语或者母语至异语的单向翻译，那么哈达奇·刚又成了一个个案。他擅长双向翻译。他在母语与汉语之间进行文学翻译，如有翻云覆雨之手，轻松自如。他不仅在蒙译汉方面有很多后来取得国家级翻译奖项"骏马奖"的作品，还翻译了很多汉译蒙诗歌作品。曾经风靡汉语诗坛的台湾诗人席慕蓉诗歌的蒙译本，大多都出自哈达奇·刚先生的译笔。那些耳熟能详的《父亲的草原母亲的河》《旁听生》等诗歌再现于蒙古文时，我确信，诗人和译者无论相熟与否，都是在文字中相遇的灵魂知己。因为，两种文字的诗歌是那么神似，如镜子中的人与影，相视一笑，神情两相同。

20 世纪 80 年代，哈达奇·刚致力于新时期蒙古族文学理论研究，探索蒙古族文学理论创新的同时，他汉译了当时蒙古族文坛为数不多的反应意识流、探索人性的《圣火》《碧野深处》等满都麦小说展现给汉语读者。陈建功、何振邦等中国知名作家、批评家新近读到了这些作品，认为放到今天，在全国也是出类拔萃的好作品。

哈达奇·刚新译作

其次，作为民间文化研究学者的哈达奇·刚对民俗文化有着深刻而广泛的理解。众所周知，文学翻译具有艺术和文化的双重属性。在文学翻译中，文化成分是最难辨认和最难翻译的。文化翻译中，民俗部分是难中之难。而汉蒙文化是截然不同的两种文化。一个属农垦文化，一个属游牧文化；一个的表达方式属于汉藏语系，一个的表达方式属于阿尔泰语系。这两点在进行富有文化含量的文学翻译时是有巨大障碍的。民俗文化方面的词，几乎找不到完全对应的词。比如马的颜色、马的步态，在蒙古语里有数百种表述方式，而在汉语里仅有寥寥数语；比如蒙古族传统竞技搏克技巧，蒙古语里也有极其丰富的、在汉语里无法对应的表述。好在，这些是难不倒我们有着丰富民俗经验和知识的翻译家的。哈达奇·刚不断去探索和尝试"修补方法""加注方法"等，让译文在文化的程度上无限接近原文。

再者，作为作家和诗人的哈达奇·刚有着蒙汉语丰富的表达能力、构造能力。他 1972 年开始写诗，发表了处女作《野营路上》以来，创作并发表了诗歌、散文、儿童文学、报告文学、文艺评论等各类体裁文学作品 120 多篇（部、首），150 多万字，出版有《鞭子》《哈达奇·刚短篇小说选》《哈达奇·刚儿童文学选》《新时期蒙古文文学若干问题》《欧罗巴蒙古奇人》等多部集选。作为熟练掌握蒙汉双语的译者，他具备了一个作家应有的文学创造性和审美思维，翻译起文学作品来，真可谓如虎添翼。

他谈到翻译蒙古族著名作家满都麦小说《四耳狼与猎人》时的情形。原著故事有供读者去拓展的四种结局，如同一个选择题。哈达奇·刚翻译到汉语时考虑到故事结局还可以有其他种，只写四种结局限制住了读者的想象力，于是与作者商榷后省却了所有结局。当年，该小说被刊登于《民族文学》杂志，受到了批评家与读者们的好评。近年，该小说作为当代生态文学经典作品，被收入《中国人的动物故事——名家笔下的动物故事》。不得不提的是，该书收入鲁迅、沈从文、周作人等二十多个文学大家的文章，以鲁迅的《鸭的喜剧》开篇，以满都麦的《四耳狼与猎人》收笔。

至此，话又说回来，像哈达奇·刚这样的人，是文学界或者文化界的一个个案和奇迹。不是所有的译者都能达到他的层次和水平。要写他，不是我这样的篇幅可以概括的，而是需要长时间的主体性研究来进行才好。因为哈达奇·刚不仅是我们要学习的楷模和行进的灯塔，更是一个文化和文学现象，值得我们去深度理解和阐释他。

2011 年 3 月 1 日　北京鸿福大厦

2016年5月哈达奇·刚先生来信

哈森：你好！

谢谢你一直关注并关心我，让我感到无比温暖！

最近因事外出13天，所有的工作也搁置了13天。昨天回到呼和浩特，今天才得以回复你的信，敬请见谅。

现发送几幅照片和2015年12月1日《内蒙古日报》刊发的内蒙古党委宣传部文艺处图巴特尔、李博二位先生写的关于我的一个整版文章，供你参阅。

这几年疲于应付，占去了我大量时间，因此我自己想做的事情却没能做成几样。（如想写几部历史小说未能动笔，想写一些文化散文总是没有时间，想整理出版汉文著译集及蒙古文散文集和评论集至今未有空）

回想一下，近几年做的事情大概如下：

1. 由我担任总主编的《安代全书》（12卷）、《当代蒙古族儿童文学大系》（13卷22册）获了自治区"五个一工程"奖。我参与主编的《贺希格巴图全书》（6卷）已经出版。由我主持并担任总编之一的《鄂尔多斯民歌集成·各旗区卷》（8卷）已经结稿交付内蒙古文化出版社，即将出版。由那仁敖其尔教授、席慕蓉教授和我担任总主编的《苏力德信仰全书》（约15卷）初稿已完成一半，年内可望出版3至5卷。

2. 完成了内蒙古文化出版社系列丛书"二十世纪蒙古族作家"之一《力格登》（与苏优格教授合作）文稿的撰写，尚未出版。署名为那仁敖其尔、哈达奇·刚、额尔敦扎布著，哈达奇·刚译，由我执笔创作的长篇小说《圣祖成吉思汗》已由内蒙古人民出版社出版。

3. 由乌云格日勒女士译，由我审订的《蒙古族故事家朝格日布故事集》已由内蒙古人民出版社出版。由我参与翻译、陈岗龙教授主持的课题《格斯尔传》（北京版）译文即将由人民文学出版社出版。由作家出版社出版的"优秀蒙古文文学作品翻译出版工程"诗歌卷、短篇小说卷、中篇小说卷收入我部分旧译作。由我翻译的嘎·额尔敦毕力格先生诗集《诗的光影》已由作家出版社出版，还有远方出版社出版了由我翻译和作序的赞德来先生诗集《奶桶里的月亮》。由我审校译文并作序，由道尔格先生撰写的两部卫拉特历史专著有望年内出版。

4. 几年来参加了一些文学作品、影视剧和舞台剧研讨会和论证会，为若干部作品集、地方志、地名志等写了序，也为若干作家和作品写了评论。接受电视台若干次访谈，为内蒙古蒙古语卫视"百家讲坛"栏目录制和播出了《萨岗彻辰与〈蒙古源流〉》（共19讲）。在不同层面做了几次关于文学创作的讲座，《内蒙古日报》蒙汉文版分别发表了我的关于文学创作现状的讲座稿（题目好像是《文学创作所面临的问题》）。还为基层做了几次关于非遗保护和传承的讲座及地域历史文化报告。

5. 创作了舞台剧《黑缎子坎肩》（蒙古剧）、《蓝绸子头巾》《茫很巴拉尔》（与包银山先生合作）、《蒙古之源》（与孟松林先生合作）等。其中《黑缎子坎肩》于2014年演出，并到全区各地巡回演出，又赴沈阳和蒙古国参加戏剧展演，获了多种奖项。《蓝绸子头巾》的第一版《长调》（属于歌舞秀）于2014年演出，第二版改为蒙古剧，因资金问题搁浅。《茫很巴拉尔》已被列为今年重点剧目，即将筹排。《蒙古之源》剧本已出手，尚无进一步消息。目前又接受另一部蒙古剧《鸿雁》（或《鸿嘎鲁》）创作任务，实在是抽不出时间写，已经拖延一个多月了。

6. 已完成内蒙古宣传部课题《蒙古族祭奠祭祀文化》（与乌尔图那斯图教授合作）个人所承担的部分。还承担了内蒙古社会科学院的课题《草原民间知识研究》，正在搜集资料工程中。

7. 担任几个旗和企业的文化顾问，完成了部分文化项目的策划及部分小型博物馆、展览馆、陈列馆的布展方案。

8. 参加了内蒙古大学蒙古学学院部分硕士生、博士生论文答辩。

9. 担任部分文学评奖、图书评奖和非遗活动（工艺美术、服饰、食品比赛）的评委以及自治区级非遗项目和传承人的评审工作。

简单捋了捋，大概就这些。有什么需要了解的，敬请联系。

再次致以深深的感谢！

哈达奇·刚上

2016年5月3日

乡愁为了谁

——记藏族翻译家次仁罗布先生

"平等、团结、互助、和谐"是社会主义民族关系一贯的宗旨。到了新时期，内地同胞们热忱投入支援边疆支援少数民族地区经济建设的洪流之中，一时间"援藏""援疆"成为我们社会主义民族关系中的一个新词、热词。当然，这个新词是温暖，是力量，是正能量的代名词。然而，我们却似乎渐渐忽视了一点，那就是"互助"这个词被提的少了。比如新疆的棉花、内蒙古的煤，再比如，有一部分边疆地区的少数民族同胞，为了国家和人民的需要，舍小家顾大家，隐忍思乡之苦，在忠与孝之间，选择了对国家对事业的忠诚，在内地各行各业，坚守着一份份信念。这应该是"互助"内涵体现之一方面。

在首都北京海淀区倒座庙一号院，有这么一个特殊的单位，这里有蒙古、藏、维吾尔、哈萨克、朝鲜、彝、壮七个少数民族同胞的百余人用自己的母语翻译国家两会、党代会等大会文件、马列主义毛泽东思想邓小平理论等党和国家重要文献、《中华人民共和国法律汇编》等国家法律法规，及时向少数民族地区的干部群众传送着党和国家的路线、方针、政策，成了党中央和少数民族地区之间必不可少的纽带和桥梁。这就是中国民族语文翻译局。次仁罗布，是一名来自西藏的藏族，是中国

藏族翻译家次仁罗布

民族语文翻译局藏文室译审，专业导师，原主任，国家民委领军人才。

次仁罗布，1981年从事翻译工作以来，从事马列经典著作，老一辈党和国家领导人的著作，党和国家的法律、法规、文献翻译，每年的两会及党代会文件翻译到《民族画报》《民族文学》《中办通讯》《资本论》等书刊的翻译、审定稿工作，30多年的翻译生涯，成果达1300万字。他还利用业余时间完成了《西藏历史地位辩》（上、下册）《西藏地方画册》（山南和昌都地区）、《藏语（拉萨话）地名汉字译音规则》等国家级项目图书以及《援助西藏62项工程》《中国西藏对达赖喇嘛的政策》《十七世噶玛巴活佛首次内地行》《让历史说话，让档案作证》《班禅朝圣五台山》《色拉寺的金刚橛》等相关西藏重要文章的翻译，用实际行动为民族地区宣传党的路线、方针、政策做出了积极贡献。多次应邀担任了北京国际藏学研讨会的同声传译。

任藏语文室主任期间，主持并完成藏文室日常翻译工作及一系列项目工作，2010年被国家民委聘为高级职称评审委员会委员，2012年被聘为全国术语标准化藏语工作委员会委员，2012年被聘为国家级项目

《藏文大辞典》编纂委员会委员。此外，他还是全国藏语新词术语翻译审定专家委员会委员，中央人民广播电台藏语广播顾问，民族出版社藏文编辑室特邀编辑，民族文学聘任的首批审读员。鉴于次仁罗布在业界的影响，2014 年入选为国家民委领军人才。

次仁罗布是我的同事，也是我的邻居，我们都住在单位院子里。他的妻子次仁德吉也来自西藏，也是翻译局藏语文翻译室的副译审。远在他乡的我们，有一个共同的话题，就是说不尽的乡愁。西藏远，山南曲松县更远。在我没去过西藏之前，对北京到西藏的路途没有概念，当我问起，不善言辞的次仁罗布曾经无奈地说过："很远，真的很远。"

他曾在《父爱如山》一文中写道："当听到父亲因患脑溢血去世的噩耗时，我不敢接受那样的事实。之后，我整整流了一个礼拜的泪。在办公室，在家，每当想起他，我就无法控制自己的情绪，跑到卫生间号啕大哭。我懊悔，因为距离，因为奔命于工作和生活，忽略了我挚爱的父亲，未能及时带他去医院检查治疗。我无法原谅自己，像是掉进了愧疚的深渊，遗憾着，自责着……"读了他的这篇文章，我流泪了。这个平日里沉默寡言，见谁都只是和善一笑的藏族汉子，内心如此柔软，如此温情。

好在他平日里兴趣爱好广泛，听歌，弹札木聂琴，练就一手藏文和汉文好书法，打篮球等等，把浓浓的乡愁用这样积极的阳光的富有正能量的方式缓释着，并转换为无尽的力量。每当夜幕降临，总能看见他办公室亮着的那盏灯。他把八小时之外的很多时间都献给了他热爱的翻译事业。

说起乡愁，还得从他的童年，从他的家园说起。因村子没小学，他九岁就离开了家，父亲把他安顿在一个远亲家里。亲戚对他很照顾，但他还是常常思念自己的家。他在《父爱如山》一文里又写道："那时，父亲来看望我的次数越勤，我就越盼着他的到来。每当太阳快落山时，我就跑到亲戚家的房顶上，眺望着远处的山路有无骑马人在下山。看见有骑马的人下山来，我就高兴地撒腿跑到路边等着。等骑马的人渐渐走近，看清不是父亲的时候，我难过得快要哭出来……"

次仁罗布是家中长子，祖母以及父母都对他疼爱有加，家里其实不愿意让他离家在外。在他读小学时，曾有几次机会可以离开乡下到拉萨。记忆最深刻的一次，是拉萨曲艺团去招生，去招生的人看上了他。但遗憾的是没能过祖母和母亲的这一关。她们舍不得次仁罗布走得太远。那个年代，在藏族百姓的心里不管日子过得再艰难，一家人能相守在一起，就是一种幸福。那时的他，其实很想看看外面的世界，也很想去外面闯闯，他怀揣着一个朴实的心愿，就是想早点挣钱，贴补家用。但他尊重了祖母和母亲的意愿，放弃了那次的机会。

当他小学毕业时，乡里建起了一所小学，由于缺少老师，让次仁罗布去县城短训几个月，回来就在乡里任教，成为一名民办教师，语文数学体育，样样都要教。当时其实他只有十五六岁，也还是个孩子，但要照顾好多邻村寄宿的孩子。他很珍惜当教师的这个机会，倾注了全部的热情。1976年，他到乡里参加了高考，收到西藏师范学院的录取通知

次仁罗布业余翻译的图书

书时，他没敢告诉家人。通过在乡里当知青的一个姓李的同志做了父亲的思想工作，后来祖母和母亲听说只是去拉萨上学，也就默许了。

在西藏师范学院，不懂汉语的他开始了一段艰难的学习历程。他在政治专科班，课程都是汉语授课，他就像是听天书，几乎什么也听不明白，他就开始恶补汉语。两年后，他转考到藏文专科班，开始系统地学

习正字法、文法、文学等藏文知识。在大学，随着知识的不断积累，他的心也慢慢大了，开始向往更远的远方。

1981 年 7 月他大学毕业了。刚好中央民族语文翻译局（今中国民族语文翻译局）去西藏招人。经过考核和校方推荐，他被录用了。他还是没敢把这个消息立马告诉家里。快出发的前两天才告诉家人。那时家里老老小小尽管有千万个不舍，但木已成舟，只能眼含热泪目送他远去的身影。

第一次来北京，因为交通不便，光是在路上他就走了近一个月。到了翻译局，他自然被分到藏语文翻译室，开始了一生的汉藏翻译事业。他说，那时一起工作的前辈都是一些很有名望的专家，他从抄写、校对做起，熟悉词汇、译文风格等等规范格式，跟前辈们学到了很多专业知识，还有他们做人治学的严谨作风。

初到北京，水土、饮食，生活上遇到了诸多的不习惯，还有探亲，由于路途时间长和路费高等问题，回一次家对他来讲特别的不易。乡愁，是月升时悄然爬上心头的忧伤。乡愁，是满目秋黄时不由潮湿的眼睛。他身边来自西藏的同事因耐不住这无尽的乡愁，调走了一拨儿又一拨儿。三十多年的在京生涯中，他也有过两次调回西藏的机会。但他太热爱他的翻译职业了，也很热爱翻译局这个多民族兄弟姐妹和乐融融的大家庭。这真是应了诗人艾青先生那一句："为什么我的眼睛常常饱含泪水，因为我爱这片土地爱得深沉。"

2014 年 5 月，翻译局竞聘岗位时，作为多年主持藏语文翻译室工作的他，自愿放弃了机会，他说把机会留给已经成长起来的年轻人，他说想在退休之前，多尽到一个老翻译的职责，传帮带年轻人，让他们在业务上尽快成长起来。这个事件，在翻译局被传为佳话，他得到了各民族兄弟姐妹的赞扬和敬重。2014 年 12 月，中国民族语文翻译局实行导师制，次仁罗布顺理成章被聘为藏语文翻译专业导师。

2011 年 7 月，次仁罗布的独生子罗丹从中国人民公安大学毕业后应聘分配到了拉萨金融系统。罗丹，这个从小在北京长大，并没回过几次西藏的孩子，在父亲平时的言谈影响下，自愿回到拉萨工作，并很快适应了在拉萨的工作和生活，还遇到了他一生的缘分，在那里安了家。对于次仁罗布来说，没有比这个更令他欣慰的事，他的心踏实了，等他退了休，他可以毫无牵挂地回到西藏回到他魂牵梦萦的故乡。

话又说回来，次仁罗布这样的一大批边疆地区少数民族同胞为了事业，为了国家的需要，隐忍着乡愁，无私奉献于祖国的各行各业，丰富和饱满着"平等、团结、互助、和谐"的社会主义民族关系，也实现着自我理想。

2015 年 1 月 3 日　北京海淀

远方，除了遥远还有……

——走近"骏马奖"获得者伊明·阿布拉

伊明·阿布拉是维吾尔族，操一口流利的汉语，从事维吾尔语—汉语双向翻译工作近 30 年。我和他既是同事又是邻居。无论春夏秋冬，每到傍晚，时常能见到他与美丽的妻子一起散步的身影。余下的时间，他几乎都是在办公室或者家里的书房，徜徉在维吾尔文和汉文两种文字间。偶尔向他请教诗歌翻译或者剧本翻译方面的问题，他会很热情地作答。局限于蒙古和维吾尔两种文化与文字借由第三种语言来交流，我们对彼此的认知一直停留在不深不浅的一种状态里。

承蒙《中国民族》杂志的厚爱，接受民族语文翻译系访谈列文章撰稿任务后，我约了第九届全国少数民族文学创作"骏马奖"翻译奖得主、中国民族语文翻译局维吾尔文翻译室主任、编审伊明·阿布拉，希望他谈一谈自己的翻译生涯。由于他工作比较忙，前段时间正要去新疆参与维吾尔、哈萨克、蒙古文版《江泽民文选》赠书仪式的工作，过了一个月才如愿坐在一起，畅谈翻译。

和伊明·阿布拉在苏州街边上的一家咖啡馆坐下来后，他说："我经常跟古丽来这里。"古丽是他的爱人。"你们俩泡咖啡馆啊？说什么呀？"我的话，带有些玩笑的口吻。他很认真地说："谈情说爱啊，爱

维吾尔族翻译家伊明·阿布拉

情是需要呵护的。生活离不开浪漫，但不容浪荡。"我所知道的伊明·阿布拉，也是热爱诗歌的人。读过他翻译的情诗，就知道他对诗歌与生活的真挚与热烈："傻瓜，傻瓜，多么中听的话／不知谁最早发明并用惯了它／黑眼睛的美人只要你说出这句话／我的心就会被烈火般的真情融化。"（阿布都热衣木·奈吾茹孜组诗《我只呼唤爱情》节选）原来，他对生活也是以这样浪漫与细致的诗心来对待的。

巴西咖啡一杯又一杯，四个多小时的交谈过后，我觉得听了一次难得的翻译讲座。伊明·阿布拉这位维汉双向翻译家的形象在我眼里显得更加立体和鲜活起来。

向往远方的少年

1959年初冬，伊明·阿布拉出生在新疆乌鲁木齐头屯河区，父母是八一钢铁厂的普通工人。儿时的多数记忆是被轰鸣的厂房车间、机床、焊机串联起来的。缘于环境，与他一起玩耍的小伙伴多为汉族小朋友。也缘于此，伊明的汉语从小就很棒。要上小学时，他自己打定主意报了汉文学校。读小学二年级的时候，他去一位汉族同学家玩。同学的母亲是清华毕业支边的知识分子，家里摆放着清华字样的证书。小伊明对"清华"二字产生了浓厚的兴趣，就问起"清华是什么""清华在哪里"。同学的母亲耐心地告诉他：清华是中国最好的理科大学之一，它在北京。

清华、大学、北京，这三个词语从此悄悄地生根在小伊明的心里。

周围也有一些维吾尔族小伙伴。他们不理解伊明的选择——读汉文学校。以孩提的幼稚，讽刺他是"叛徒"，说他背叛了自己的母语。他那时也解释不清自己为什么要就读汉文学校，只是知道自己喜欢。但他不是不爱自己的母语。幼小的心灵受到了误解，他委屈，但不服输，暗下决心：我一定要好好学习，除了汉语，将来也要学好母语，一定要比你们强。

少年的伊明喜欢诗歌，能背诵很多唐诗，而且善于将诗歌用于平时的学习中。他把数理化、历史、地理等课程主要内容和答案都改编为打油诗来背诵。他在汉文学校同汉族孩子们一起学习，成绩一直排在前列。小学四年级时汉族班开设维吾尔文课程，每周有两节课。他因有母语基础，学得自然比其他同学自如，给以后的母语学习打下了良好的基础。从小学到高中，伊明跳级两次。1979 年，本应 1980 年才高中毕业的他以较高的分数考入了中央民族学院少数民族语言文学系维吾尔语言文学专业。

其实，伊明高考前的理想志愿是报考北京广播学院电视采编专业。但是，广院当年从全新疆才录取两名学生。怕上不了广院，从而也去不了向往已久的北京，他选择了第二条圆自己梦想的道路，选择了自己的母语专业。他说，做此选择自己从未后悔过，他认为多懂得几种语言就多几分自信，但不懂得母语却是一件可悲的事情，因为母语承载着本民族优秀的文化。

1979 年 9 月的一天，伊明拿自己从教育处申请来的 60 元补助买了前往北京的车票，9 月 13 日，来到了首都北京。

那个望着晚霞映红的头屯河，向往远方的少年之梦想，终于实现了。然而，远方等待他的，除了遥远，还有一些什么呢？

神圣的使命，坚实的步伐

20世纪80年代，大学生毕业不愁找不到工作。国家统一分配，多数学生服从国家分配。就这样，1983年伊明·阿布拉结束了在中央民族学院的四年学业，被分配到中央民族翻译局维吾尔文翻译室，正式走上了职业翻译道路。

中央民族语文翻译局初建于1955年12月，是承担党和国家重要翻译任务的专门机构。它面向广大民族地区的繁荣发展，面向广大少数民族干部群众的学习急需，视翻译为桥梁、通道和纽带，用蒙古、藏、维吾尔、哈萨克、朝鲜、彝、壮等七种少数民族语言文字，向广大民族地区传播马克思主义、毛泽东思想、邓小平理论、"三个代表"重要思想以及科学发展观，传达党和国家的路线、方针和政策，传达全国党代会、全国人民代表大会、全国政治协商会议的重要信息，及时翻译、宣传和普及国家的法律法规等。

伊明·阿布拉是一位很有使命感的人。面对党和国家重要文献和文件，面对党和国家庄严的会议，甚至面对党和国家领导人的换届选举中的翻译工作，作为一名汉译维翻译，伊明·阿布拉深感自己的使命之神圣。

因工作需要，伊明·阿布拉在中央民族翻译局多次调动过工作岗位：在文室担任过翻译和行政秘书，在党委办公室从事过共青团和青年工作，做过图书馆管理工作，担任过学术刊物《民族译坛》（现《民族翻译》）杂志的编辑等，而今担任着维吾尔文翻译室主任的工作。但是，无论在哪一个工作岗位上，他都时刻提醒自己要尽职尽责。最初在文室担任翻译时，他虚心向前辈请教，力求早日进入翻译工作角色，做一名能够独当一面的翻译。很快，领导让他参加了《周恩来选集》等重要文献的翻译工作；做党团工作时，他为了丰富远离家乡在外工作的各族年轻同事们的业余生活，想方设法举办一些有意义的文体娱乐活动，让单位的青年工作充满了朝气；在图书馆做管理工作时，主动策划和编写完成了《新中国民族语文翻译工作纪事》和《中国民族语文翻译中心译著总目》，填补了翻译局这方面资料的空白，为日后的不断完善和充实打下了基础；在《民族译坛》编辑部工作 11 年间，他孜孜不倦地审阅了大量的中文翻译学术论文，完成大量工作的同时，也积累了扎实的翻译理论知识；2002 年调回维吾尔文翻译室后，他的身份既是翻译工作者，又是翻译工作管理者。近几年，维文室集体翻译完成的《资本论》《江泽民文选》等重要文献，都由他主持完成，他也参与了翻译和审定。作为管理工作者，他将自己"团结、沟通、合作"的管理理念运用于实际工作的同时，注重年轻翻译的培养工作，也注重与地方上有关机构开展翻译资源共享和人员交流学习机制。由他联络促成的中国民族语文翻译局给新疆地区赠三种文版《江泽民文选》的活动，得到了新疆维吾尔自治区人民政府相关部门的大力支持，取得了良好的社会成效。他还注重汉维新词术语对照等资料的建设，策划、搜集和编辑翻译资料，为翻译人员编印了《汉维新词对照》和《汉维新词语对照手册》，其中一部分被收入《汉维新词语词典》（伊明是主编之一），2008 年由民族出版社出版。

每次党和国家领导人换届选举时，都能看到伊明·阿布拉同志西装革履、神色庄重地去人民大会堂参加选票翻译工作的情形。是的，他是一个很严肃的人，这不仅仅体现在工作中。

文学翻译天地间，无缰驰骋的骏马

1981 年的某一天，大学二年级的伊明完成了维吾尔文学课老师布置的作业：将老师的短篇小说《弹弓》翻译成汉文。这是他初次尝试文学翻译。老师的赞许给了他信心，指引了新的方向。也从那时起，他开始了一些知识性文章的汉译维工作，作品发表在《新疆日报》《新疆青年》等维吾尔文报纸杂志上。虽然都是一些豆腐块小文章，但对作为学生的他来说，能够发表在这些母语版的大报刊上已是莫大的鼓舞了。

被分配到中央民族语文翻译局后，1984 年单位举办国庆 35 周年书画活动，他写了一首诗。此外，正好有一位前辈的维吾尔文诗歌需要翻译成汉文，组织者找到了具有诗歌天赋的伊明。由他翻译的这首《祖国

颂》时隔 9 年后于 1993 年发表在《民族文学》杂志上。此前，1991 年
第 8 期《民族文学》刊登过他翻译的诗歌《风、鸟、树》："风摇撼树的
时候 / 鸟受惊了 / 飞散了 / 远去了 / 留下树 / 仿佛吟诵着神秘的曲调 / 忧
郁地沙沙作响。"(《风、鸟、树》节选）这首诗还曾被评为 1991 年度优
秀作品。这次经历,激发了他诗歌翻译的信心,也从此开始在《诗刊》《人
民日报》《光明日报》《民族文学》《新疆日报》《西部文学》《伊犁》等
中文期刊上发表了 110 多首诗歌翻译作品。他喜欢翻译抒情诗歌,由他
自选翻译的几首爱情诗引起了诗界的关注。

> 我不是多情的种子，然而
> 心同时在为两个姑娘燃烧
> 蕴倩姆像花蕾含苞欲放
> 茉丽像蜀葵般身姿曼妙
>
> 我不是多情的种子，然而
> 两堆篝火却在同时燃烧
> 我真想扑灭其中一堆
> 可越泼水火势越高
>
> ——选自《我不是多情的种子，然而》　穆罕默德·伊明著
> 伊明·阿布拉译

这首译文天然保持着维吾尔民族热烈奔放的民族性格,读了使人不
由感觉耳畔有热瓦普弹唱的声音,眼前有维吾尔族姑娘曼妙的舞姿,多
情的眼神在荡漾。这就是说,翻译得不露痕迹,让我们身临其境。"我
把土块投向你家屋顶 / 只想在月色中一睹你圆月般的容颜 / 请宽恕我的
鲁莽,美丽的姑娘 / 只因爱恋夺走了我的理性判断 // 你家房门顿时略微
打开 / 我的心欢跳不止犹如鱼儿一般 / 花斑家犬愤怒地猛扑过来 / 吓得
我性命只剩一点点 // 惊恐中我仍在幻想 / 你就这样扑过来该有多好 / 到

伊明荣获的"骏马奖"奖杯

那时我俩将成为贴心知音 / 你我的身心相融似漆如胶。"(《倒运的恋人》)幽默俏皮的语言，再现了原文要表达的西部生活画卷，像一首民歌，脍炙人口。

这些年来，他的译诗《我只呼唤爱情》被选入《1949—1999中国少数民族文学经典文库》，《我不是多情的种子，然而》被选入《2003中国年度最佳诗歌》集，《爱情的走廊》被收入《新疆少数民族文学新品佳作选》，《倒运的恋人》《老榆树下的风景》被选入《跨世纪情诗300首》等。

关于诗歌翻译，他说翻译的前提是作品必须感动自己。而感动、灵感以及诗歌的语言，不是刻意"寻找"的，而是自然"降临"的，诗行里选用的词语，必须是无可代替的词语，这才可称之为最好的诗歌翻译作品。关于"诗，不可译"，他有着自己的观点：任何作品都可译，诗歌也是。内容都可译，有时所谓不可译的只是原作的形式而已。

2004年他独立翻译出版了《库车民歌集》。于是有了"所有的翻译中诗歌最难译，诗歌翻译中民歌最难译"的感叹。

无论在什么岗位，他一刻也没停止过翻译，尤其是文学翻译工作。这些年他与别人合译了《没有脊梁骨的幽灵》《瞳孔里的隐情》《英雄之子》《帕米尔闪电》等中短篇小说集以及铁木尔·达瓦买提《生命的足迹》等诗集，共有100多万字的译著。鉴于他对民族文学翻译工作的显著贡献，中国作家协会和国家民委将2008年全国少数民族文学创作"骏马奖"少数民族文学翻译奖颁发给了这位维汉双语天地间无缰驰骋的骏马——伊明·阿布拉。

实践的果实，理论的花朵

1983 年在大学撰写毕业论文时，伊明·阿布拉对翻译理论研究产生了浓厚的兴趣。参加工作后，学士学位论文《现代维吾尔语同音词漫说》于 1995 年发表于《语言与翻译》中文版后，他给自己定了一个目标：每年写一篇论文。

《略论"两会"文件译文的核对》《20 世纪维吾尔族民间文学汉译及其特点》《维吾尔诗歌汉译的形体美问题探微》……他对自己涉猎的翻译领域，随着实践，一步步地认真进行着理论归纳和总结。经过多年的研究，伊明·阿布拉已经成长为一名业内公认的、颇有建树的翻译理论研究者。

他关注并研究着中国少数民族文学史的发展。关于中国少数民族翻译的起源，他认为：中国史料中提及"戎、狄"等古代民族的汉文译写名称，就说明在文字上已经出现翻译活动。自古以来多民族繁衍生息的"西域"，是中国乃至世界"翻译的摇篮"。他说：翻译是最古老的行当，也是脑力劳动中最辛苦、最不为人重视的领域，但它却是自古至今不可缺少的一种职业。他认为，作为"文化移植"的翻译工作者是两种文化间的使者，是必须忠实于"原作者"和"读者"两位主人的一个"仆人"。译者不可以把自己放置在高于原作者和读者之上的。他将自己遵循的"翻译标准"演绎为有趣的数学公式："译文内容＝原文内容"，"译文表达≈原文表达"，"译文修辞≥原文修辞"等等。

他对民族语文翻译工作过去取得的辉煌成就表示充分肯定，同时对现状与将来既有着担忧，也抱有希望。他以自己力所能及的努力在做一些理论上的建设性建议。比如，建议少数民族院校恢复和加强翻译专业的教学与管理，强化翻译理论研究队伍，建议翻译工作要上下齐抓共管等等。

2006 年和 2008 年，他受中央民族大学维吾尔语言文学系聘请，给研究生们讲授了两个学期的《翻译理论与实践》课程。2008 年 11 月，鲁迅文学院聘请他为中国少数民族文学翻译家高级研讨班维吾尔文组的专业课导师。

伊明·阿布拉怀着对民族语文翻译工作的深厚感情,用辛勤的汗水浇灌着理论的花朵,收获着实践的果实。

梦想圆舞曲中,与文字翩翩起舞

前面提到过伊明·阿布拉最初的梦想与影视文学有关。

也许,读者会以为,他与这个梦想越来越远了。

但是,一个人最初的梦想是不易放弃的。伊明·阿布拉也如是。

来到北京,伊明虽然没能上广院,但他对影视艺术的热爱有增无减。1982 年至 1983 年间,利用晚上的时间,他先后两次参加西城区新蕾影视培训班,学习影视课程,北京电影学院和电影文学界大腕级人物王迪、苏叔阳、李平分等讲述的电影文学课程,弥补了他的不少遗憾。

这段别人看来意义不大的学习,给了伊明·阿布拉一个提醒。从此,他借由翻译,与文字翩翩起舞在最初的梦想天空中——他始终没有中断维吾尔族影视评论以及影视剧本翻译、创作的爱好。

只要有时间,他就向维吾尔族读者传播影视知识,目前已用维汉两种文字撰写发表了 70 多篇文章。他也结合影视文学与翻译专业,写了一些影视评论,如《影视片名翻译琐谈》(中文)等;他还尝试自己创作剧本,用中文创作过维吾尔族儿童题材电影文学剧本《鲜花掩映的墓地》等两部作品。

梦想,给人以飞翔的愉悦。看他谈起影视文学时的神采飞扬,就可知道这一点。

伊明·阿布拉集党政文献翻译、译文编辑、文学翻译、翻译研究与教学、维吾尔影视研究和翻译业务管理于一身,以本职工作为主,业余翻译为辅,主持完成着党和国家专著以及重要会议文件的翻译、审定工作任务。他说,"对酷爱翻译这项古老职业的人来说,要想取得一些成绩,唯有坚持、坚持、再坚持!"

问伊明·阿布拉在翻译历程中最难忘的或者最为遗憾的事,他说,曾有作品发表后发现不该发生的错误，那时的不安与愧疚是最难忘的。翻译工作者，或者说文字工作者，对文字一定要像对宗教一样虔诚和谨慎。因为翻译作品与影视作品一样，也是一个总有遗憾的作品。我们应该把遗憾减少到最低程度。

他的这两句话，无不流露着他对翻译事业的虔诚。我相信，对事业抱有虔诚之心的人，是定会成功的。

上述文字写于 2009 年 6 月 16 日，曾发表于《中国民族》杂志 2009 年 7 期。之后，我远在新疆财经大学工作的维吾尔族翻译家吾买尔江同学译为维吾尔文，发表在《文学译丛》杂志（2012 年 9 期）。2010 年 11 月，伊明·阿布拉通过岗位竞聘，从翻译局维吾尔语文翻译室到研究室担任主任一职，正当他想在自己喜欢的理论研究岗位上大显身手的时候，噩梦来了——他患了晚期贲门癌。经过与病魔两年多顽强的抗争，2013 年 2 月 21 日，当他的同事们浩浩荡荡进驻又一年全国两会翻译工作的那一天，遥远的新疆传来了伊明·阿布拉同志因病医治无效去世的噩耗……

他辞世而去了，但他翻译过的著作被收入"新疆民族文学原创和民汉互译作品工程"，译诗集《少女的悲伤》《红柳抒怀》相继由作家出版社、新疆人民出版社出版，跟读者见面了。我想，美好的作品，应该是一个作家、翻译家能跟这个世界保持比生命更长久的联系的一个印证吧……

2016 年 4 月 26 日　北京海淀

译坛铸就英才

——藏族翻译家达哇才让访谈

　　达哇才让，是我共事近20年的同事，也是我在中央民族干部学院翻译骨干研修班、国家民委中青年英才上海复旦大学研修班两期在职培训时的同学。他性格开朗，他在哪里，哪里就有欢声笑语。他有一种看不见的正能量，他周围的人，向来是和谐的，凝聚的。我们有很多共同的朋友，可以说彼此相当了解。但是，这篇访谈下来，我对他又有了更多新的认识……那就是他对汉藏翻译的深度认识和热爱，通过这份热爱散发出来的理性和诗意的光亮……

　　哈森：您曾打趣自己是个放羊娃，这与您是求学路上的"学霸"，职场上的"英才"身份，给人一种今非昔比的感觉。可否跟我们分享一下您的成长经历？

　　达哇才让：您过奖了，"学霸""英才"不敢当，但放羊娃不是打趣，是我10岁以前的生活写照。记得我母亲说过："一百来只羊滚滚而下，不偏不倚走路中，迎面走来的人就奇怪，这群没主儿的羊咋这么听话？等羊群过去了才看到羊群后边身高不及羊身的我在吆喝着。"您知道，放羊最难熬的还是寂寞，经常一天下来除了羊群和鸟儿外，基本见不到

藏族翻译家达哇才让

什么。但这样的时间久了也就慢慢学会了如何打发时间：跟小羊羔顶头玩，骑种羊奔跑，有时候还跟小鸟玩。直到 10 岁以前，我的全部生活就两件事，即放羊和跟同村小孩玩耍。10 岁那年，我父亲突然毅然决然地卖掉了家中所有的羊，然后对我说："你们兄弟 5 个除了你都在上学，如果不让你上学，等你长大了你会恨我的。"虽然，当时我还比较小，但多少认识到了这句话的分量，如今还清楚地记得当时的场景、父亲的语气，还有母亲的眼神。父亲的这个决定改变了我的一生。当时，农村的儿童一般 7 岁上学，而我足足晚了三四年，是靠在后来上学过程中不断跳级才追回来的。

　　我出生在青海省黄南州尖扎县的一个普通小村子，小学在乡里，要步行两个多小时，经过三四个村子才能到学校。天还没亮，带着中午的干粮和小伙伴一起步行到学校。夏天学校不提供饮用水，我们只能到河边喝河沟水就干馍馍。放学天已经黑了，乡间小路两边的树茂密且幽深，成为归途中孩子们的童年梦魇。路过村庄时又要担心被狗咬、被村里的大孩子欺负。回到家在煤油灯边写作业，眉毛或头发被火燎着是常发生的事儿。当时纸张也很宝贵，做练习都用铁丝在地上做，写断了不少铁丝。直到我上大学时，母亲还保存着那些铁丝，说是以后给我的孩子讲，但后来的几次搬家中不知去向了，母亲还为此耿耿于怀。

　　关于童年与少年，有三件事情记忆比较深刻：一是因为入学时年龄太大，被一些同学取笑为"孩子爸爸"，这些刺激的话语却成为激励我向上的动力，更加刻苦学习，不停地跳级。二是 1993 年夏天的一个中午，我正在田里干活时，接到了大学录取通知书。三是总觉得自己与"2"这个数字特别有缘：小升初考试中取得了全县第二名的成绩；初升高考试中取得了全州民考民第二名的成绩，考入州民族高中；高二参加高考时又考取了全省民考民第二名的成绩，被西北民族大学录取（当时称西北民族学院）。

　　成为大学生后，年龄不再是我的问题了，但学习上我仍然很刻苦，持续着农村小孩特有的本色。大学四年的付出也有了丰硕的回报，我基本把学校所有的奖项都拿了一遍：连续几年的民大"优秀三好学生"，以及民大"优秀团员标兵""才旦夏茸奖学金""院长特别奖"和"甘肃省优秀团员""甘肃省新长征突击手"等。所有这些荣誉中"院长特别奖"分量最重，"院长特别奖"的参选者要求大学四年全部学科平均成绩必须达到 90 分以上，才有资格上报参加评选，当时西北民族大学已建校47 年，在我之前，还从未有藏族学生荣获过此殊荣。不仅如此，大学四年，我还始终担任着班长，后来还担任了藏语系（现藏学院）学生会主席一职。

　　1997 年 6 月下旬，随着一个来自北京的长途电话，我来到了北京，进入了中国民族语文翻译局藏语文翻译室，同时结束了我的大学生涯。北京对于我而言，是神圣而遥远的。1997 年以前，我从没想过自己能到北京来工作，这可视为"知识改变命运"吧。

哈森：在职业生涯中，您曾被借调到国家民委人事司、办公厅，甚至被派往武陵山区任过县委常委、副县长，可以说相比其他翻译人员，您有很多机会离开相对清苦的翻译工作，是什么促使您回归民族语文翻译岗位，坚守民族语文翻译岗位？请谈一谈对翻译这个职业的认识和感触。

达哇才让：是的，相比很多翻译人员，除了翻译工作，我有幸经历了不同性质的行政管理工作。我先后在翻译局人事处干部科任科长，借调到国家民委人事司劳资处工作，在湖北省宜昌市秭归县挂职任县委常委、副县长，借调到国家民委办公厅担任副部长秘书等。回想起来，这些借调和挂职的经历都非常锻炼人，使我从不同角度看待问题，拓宽了视野，提高了解决问题的实际能力，确实令我成长了不少。但是，翻译就像水和空气一样无处不在，一旦我们离开了它，就无法生存。这充分说明了翻译的价值。关于对翻译的认识，我很欣赏著名翻译家季羡林先生的观点："在人类历史发展的长河中，在世界多元文化的交流融会与碰撞中，在中华民族伟大复兴的过程中，翻译始终起着不可或缺的先导作用。"他还说："只要语言文字不同，不管是一个国家或民族内，还是在众多的国家和民族间，翻译都是必要的。否则思想就无法沟通，文化就难以交流，人类社会也就难以前进。"

翻译是运用一种语言把另一种语言所表达的内容准确而完整地表达出来的一种语言活动，是在译语中用最切近而又最自然的、对等语再现源语的、信息的一种创造性语言活动，是沟通各国各民族思想，促进政治、经济、文化技术交流的重要手段。曾经我写过一篇文章，通过梳理藏族翻译史，简单阐明了翻译在藏族文化继承和传播中所占的地位，可视为我对藏族翻译的认识。

纵观 2000 多年的藏族翻译史，先后经历了三个重要阶段：早期的苯教经典翻译为主线，象雄文与藏文翻译为主的翻译实践阶段；吐蕃时期的佛经翻译为主线，梵文与藏文翻译为主，汉藏翻译为辅的翻译实践阶段；新中国成立后的公文翻译先行，其他学科翻译同时发展的翻译实践阶段。虽然，每个阶段的侧重点有所不同，但吸收其他民族先进文化，发展、完善本民族文化的根本目标是一致的。在这一根本目标驱动下，藏族先辈们为苯教、藏传佛教的传播和弘扬，为藏民族独特文化的形成，尤其为藏族翻译事业的向前发展，做出了巨大的贡献。如果没有翻译，藏族本土文化就只能在青藏高原这一地域故步自封，因缺乏借鉴、联系、活力、提升而艰难前行。正是通过大规模的翻译和借鉴，藏族文化才有机会使自己扩大精神视野、丰富知识宝库、更新价值观念、增强创造激情、提高文化水平，将藏民族文化铸成一个独特而生机勃勃的实体。

尤其，中华人民共和国成立后，党和国家对少数民族语言文字的使用和发展给予了前所未有的关注，先后制定了《中华人民共和国宪法》和《中华人民共和国民族区域自治法》等一系列法律法规，从法律层面保障了少数民族语言文字的使用和发展。在这样宽松、和谐的大环境下，西藏自治区和青海、甘肃、四川、云南等四省藏区陆续制定了藏语言文字政策，为藏语文的繁荣发展提供了政策保障，使我国广大藏区的藏语文翻译工作进入一个崭新的阶段。新时期的翻译，在西藏自治区和四省藏区藏语文工作中的重要位置越来越凸显，无论是在向藏区广大干部群众宣传马列主义、毛泽东思想、邓小平理论、"三个代表"重要思想、科学发展观、习近平系列重要讲话精神，还是宣传党的路线、方针、政策，传播新思想、新文化、新科学，维护祖国统一、增强民族团结、扩大对外交流，繁荣经济、文化、教育、科技，促进藏区社会稳定和谐等方面起到了不可或缺的作用。将来，藏语文翻译工作将为西藏自治区和四省藏区的社会、经济、文化发展继续发挥不可替代的作用。对此我深信不疑。

哈森：您所提议并执行的四省藏区行政自然村名和寺院山川名搜集整理项目于 2015 年结项，出版了《甘青川滇四省藏区行政自然村名汉藏对照》《甘青川滇四省藏区寺院山川名汉藏对照》，填补了汉藏翻译领域的"空白"。是什么触动您做此项工作？实施过程遇到哪些困难，您又是怎样组织完成的？这两本辞书问世后的社会反响如何？

达哇才让：产生这个想法，是一个偶然的机会。有一次，我和几个朋友兼同事在一起闲聊，不经意中聊起了迄今为止我们还没有一本比较全面、规范的地名词典，每次遇到地名问题时，需要到处去电求证，这实属一个无奈的现实。于是，我牵头把最初的想法逐渐形成文字，经中国民族语文翻译局领导报批后，2010 年至 2015 年间组织实施完成。

西藏自治区和四省藏区地域广阔、地名文化内涵十分丰富，是中华民族地名文化的重要组成部分。自 20 世纪 90 年代初以来，有些省、自治区专门成立了地名办公室，投入了大量的人力物力，搜集、整理本辖区的行政自然村名及其他地理实体、场所的名称，取得了重要的成果。但由于缺乏顶层设计、认识不到位、统一规范工作不力、基础工作薄弱、机构队伍建设乏力等诸多原因，这项工作取得的成果与实际工作需要相比，还存在较大差距。这就是我们推动这项工作的主要原因。

这个项目是项目组所有成员和地方相关部门以及专家们经过 4 年多的努力，才顺利完成。首先，针对青海、四川、甘肃、云南四省藏区的行政自然村名及寺院山川名称规范化现状及调研中发现的问题，通过查阅州县志及其他各类地方志、咨询当地编译部门、实地调查等方法，搜集整理了四省藏区 10 个自治州、2 个市、70 多个县的行政自然村名近 2 万条、寺院山川名 7000 余条，继而完成了录入、编序、校对、审定等工作。其次，广泛听取各方面专家的意见，增强汉藏地名翻译文本的规范性、可行性和权威性。在搜集整理的基础上，我们通过召开专家会、书面征询等形式，先后听取了约 150 名专家的意见。其中，2012 年在北京召开了《青川甘滇四省藏区行政自然村名汉藏对照》和《青川甘滇四省藏区寺院山川名汉藏对照》（征求意见稿）专家会；2013 年开始，又把征求意见稿分发到青海、四川、甘肃、云南四省藏区涉及藏语文翻译的有关部门，进一步征求了修改意见。经过一年多的时间，顺利收回了绝大多数征求意见稿，并根据各方面提出的意见认真加以修改。2014 年，最终形成了《青川甘滇四省藏区行政自然村名汉藏对照》《青川甘滇四省藏区寺院山川名汉藏对照》两个文本，于同年年底正式出版发行。

这两本书的出版，对提高藏语地名翻译的准确性和统一规范性具有十分重要的现实意义。有关专家指出，这项工作，基础扎实、科学严谨、社会意义重大，填补了汉藏翻译领域的一项"空白"。国家民委领导对此专门做了批示说："规范地名翻译，既是统一的多民族国家政治建设之必须，也是文化建设之大事。青、川、甘、滇四省藏区行政自然村名、寺院山川名汉藏对照两书的出版，给国内外学者和有关急需领域提供了重要参考和依照，有利于推进相关领域事业发展、内外交流，树立了中国学界、翻译界的形象。值得祝贺。"充分肯定了这两本书的社会价值和现实意义。中国新华网和国家民委官方网站、公共微信平台、《中国民族报》等国家民委系统媒体以及藏区所有有影响的媒体均进行了报道，社会反响非常好。目前，这两本书已脱销，市场上基本买不到。

另外，这两本书问世后，相关部门和专家在充分肯定其社会价值和现实意义的同时，向我们提出了新的期望，建议由我们项目组继续搜集整理西藏自治区的行政自然村名和寺院山川名。大家认为，如果在《青川甘滇四省藏区行政自然村名汉藏对照》和《青川甘滇四省藏区寺院山川名汉藏对照》试用完善的基础上，连同西藏自治区的行政自然村名和寺院山川名一起出版，将是功在当代、利在千秋的事，将对汉藏地名整理规范工作做出不可替代的贡献。根据这个建议形成的报告，已由中国民族语文翻译局领导批准，项目组现已完成了西藏自治区行政自然村和寺院山川名的搜集整理工作，争取 2017 年年初与广大读者见面。

哈森：作为中国民族语文翻译局藏语文翻译室主任，您多次组织或参加全国性少数民族翻译学术会议，了解和掌握我国少数民族翻译现状的机会比较多，您如何评价新时期的汉藏翻译形势？

达哇才让：这个题目有点大，我从个人的认识和感受来回答吧。新时期的汉藏翻译形势我个人有个不太成熟的判断，即现在是我国历史以来汉藏翻译事业最好、最辉煌的时期。这个可以从以下三个方面认识：

第一，法律、政策的保障方面。我国民族语言文字使用发展方面的法律依据主要有两条：一是《中华人民共和国宪法》第四款规定："各民族都有使用和发展自己的语言文字的自由，都有保持或者改革自己的风俗习惯的自由。"二是《中华人民共和国民族区域自治法》第十条规定："民族自治地方的自治机关保障本地方各民族都有使用和发展自己的语言文字的自由，都有保持或者改革自己的风俗习惯的自由。"这是我国对民族语文方面的基本主张，有了根本法和基本的保障，标志着民族语文和民族语文翻译发展进入了有法可依的新阶段。面对我国基本国情，中华人民共和国成立后，在民族语文使用和发展方面制定了一系列政策、采取了许多行之有效的措施。这些政策和措施概括起来，主要在三个方面：1.帮助少数民族创制、改进和改革文字。从20世纪50年代开始，在大规模调研的基础上，为少数民族创制15种拉丁字母形式的拼音文字，改进和改革近10种文字。2.保障民族语文使用和发展权利方面出台行政政策、进行法制建设。为了进一步保障少数民族语文的使用和发展的自由，中央对少数民族语言文字在行政、立法、司法、教育等领域的使用上都做了明确的规定。3.培养民族语文人才及鼓励各民族相互学习语言文字方面制定了许多规定。国家从法律和政策的高度有力保障了少数民族语言文字的使用和发展的自由，各民族自治地区积极制定相应的自治条例为民族语文的发展创造良好的环境。这是新时期民族语言文字、民族语文翻译事业蓬勃发展的主要原因。当然，对汉藏翻译事业亦如此。

第二，翻译机构和队伍方面。从中央层面来讲，中华人民共和国成立后，在北京先后成立了中央民族出版社（民族出版社前身）和中央马列著作和毛泽东著作民族语文翻译出版局（中国民族语文翻译局前身），前者的主要职责是编译出版政治理论书刊；后者的主要职责为翻译马恩列斯毛的著作、中央重要文献，进行全国党代会及"两会"等重要会议的文件翻译和同声传译。值得一提的是，中国民族语文翻译局是我国唯一的中央层面建立的民族语文翻译机构，而中国是世界上唯一建立国家级民族语文翻译机构的国家。从地方层面来讲（以西藏和青海为例），目前，西藏自治区及区直属各地（市）成立了藏语文工作指导委员会，县级机构成立了领导小组。西藏自治区有自治区编译局、西藏电视台、西藏人民广播电台、西藏日报社、自治区教材编译局等，自治区四大班子办公厅、各地（市）设立了县级编译局（室），各县设立了编译科（室）。据不完全统计，目前西藏从事各类翻译工作人员近1000名，其中高级翻译人员 50 多名，中级翻译人员 148 名，助理翻译人员 113 名。青海省一级比较大的翻译机构有省政府翻译室、青海民族出版社、青海藏文报社、青海电视台藏语部、青海人民广播电台藏语频率、青海民族语影视译制中心、青海民族教材编译处等。六个自治州均设有藏语翻译处室，其所属县除个别以外都设有翻译科室。目前，青海省翻译专业人员约有 400 多名。这样真正形成中央、省区、州、县四级民族语文机构，有力保障了汉藏翻译在党和国家的重要会议、新闻出版、广播电视等社会各领域的使用和发展。此外，还有一个教材规范协会和三个术语规范委员会，即藏文"五协"，全国藏语术语标准化工作委员会，西藏自治区新词术语藏语文工作规范委员会，青海省藏语术语规范委员会。

第三，翻译内容和成果方面。藏族与其他兄弟民族一样，有着悠久的翻译史。无论是早期的苯教经典翻译时期，还是吐蕃时的佛经翻译时期，均视为藏族翻译发达时期。但与新时期相比，早期的藏族翻译局限于某个领域的翻译，而不是各个领域的学科间的翻译。中华人民共和国成立以后，法律翻译作为汉藏翻译的开端，进入了一个崭新的阶段。尤其改革开放以来，由国家机构、民间组织、个人三股力量同时推动藏族翻译事业。国家机构由中国民族语文翻译局和民族出版社为首，翻译出版了马列著作《共产党宣言》《反杜林论》《马克思恩格斯选集》《列宁选集》《斯大林选集》等；领袖著作《论人民民主专政》《矛盾论》《毛泽东农村调查文集》《毛泽东新闻工作文选》《刘少奇选集》《周恩来选集》《朱德选集》《邓小平选集》等；历届党代会文件及汇编本，历届全国人大、政协会议文件及汇编本，《中华人民共和国法律汇编》等全国性法律法规和各种重要文件。地方翻译机构也为地方公文、新闻、农牧、法规等方面的翻译做出了前所未有的贡献。这个时期，藏族其他学科的翻译也得到了空前的发展。以文学翻译为例，藏族文学翻译开始着眼于中外近、现代世界优秀文学作品，翻译出版了包括《水浒传》全套，《红楼梦》(前 30 回)，《三国演义》(前 30 回) 等古典文学和《毛泽东诗词集》《天安门诗抄》等当代诗作。20 世纪 80 年代后，《西藏文艺》发表了不少 19 世纪欧洲批判现实主义优秀作品，青海《章恰尔》刊物曾设专栏发表诗歌翻译作品，《山南文艺》等其他刊物也可以看到国内外优秀文学翻译作品。各地民族出版社也翻译出版了大量文学翻译作品，对藏族文学发展产生了深刻影响。现如今的翻译内容更是涉猎政治、经济、社会、文化、生态等各个领域。据不完全统计，西藏自治区一年的汉藏翻译量达到 5000 万字，青海的汉藏翻译量达到 2000 多万字，我们单位中国民族语文翻译局一年的汉藏翻译量也达到了 300 万字左右。这样全方位、各领域的汉藏翻译事业同步发展是前所未有的。

基于以上三点，我大胆地说，现在是汉藏翻译事业最好、最辉煌的时期，不知这样的提法是否妥当，请广大读者批评指正。

哈森：您是一名职业翻译，也是一名编外高校教授，您在业余时间翻译了不少工作任务之外的书籍。前不久您的一译作《新时期民族文化的思考》出版发行，作为丹珠昂奔副主任的前任秘书兼该书译者，能否给我们解读该文本的理论意义和现实意义？

达哇才让：从事翻译工作近 20 年了，说我是一名职业翻译，应该没有问题。但称我是一名高校教授，还真不敢当。由于职业特殊，中央民族大学藏学院和文传学院聘请我为本科生讲了两年的汉藏翻译理论与实践是真的。相比自己的能力和水平，

达哇才让专著、译著以及主编的书

正如您所说，近几年做了一些事：出版了个人专著 1 本、译著 5 本，与他人合作翻译的译著 5 本，与他人合著汉藏翻译教材 1 本，主编出版 2 本，责任翻译出版近 10 本；国家核心期刊及其他期刊发表专业论文 9 篇（含汉藏双语），并先后在相关期刊发表了近 300 篇翻译作品。您提到的《新时期民族文化的思考》是于 2015 年 6 月由中国藏学出版社出版发行的。

　　2013 年 5 月，丹珠昂奔老师在《中国民族报》头版发表了题为《确立"三个自信"做好民族工作》的理论文章。这篇文章是以中央提出的理论自信、制度自信、道路自信的"三个自信"为依据，紧扣马恩的民族理论和我国的国情，提出了马克思主义民族理论自信，党创立的民族区域自治制度自信，党和国家民族政策自信的"三个自信"。这篇理论性文章的社会反响非常好，于是我把它译成藏文刊登在《中国藏学》。不久，很多藏族同胞尤其地方藏族领导直接或间接地表示，这个译文有利于在藏区传播马恩的民族理论和党的民族政策，并希望我把丹珠昂奔老师对民族文化及政策方面的论述整理后翻译成藏文，这样更能满足广大读者的需求。我原本就有这样的想法，再加上大家的这种期望，这件事很快就尘埃落定了。

　　至于该书的理论指导意义和现实意义，我想我们一起欣赏书中丹珠昂奔老师对民族、民族语文、民族语文政策方面的一些基本判断和观点，大家自然会有自己的评价。丹珠昂奔老师认为，我们国家继承和发展了马克思主义对民族发展的基本观点：民族产生存在的基础是私有制，私有制不消灭，民族就会长期存在；公有制是民族融合的基础，民族融合是民族消亡的必然途径；民族消亡是自行完成的，而不是人为的。马、恩所说的民族的消亡并不是讲民族是同时消亡的，这种消亡应该是沿着由多而少的轨迹在发展。任何事物的发展是一个过程，以事物发展终极的结论来总结当今存在并发展着的事物并不符合实事求是的原则，当然也行不通。他还认为，准确判断我国民族所处的历史方位非常重要。经济的发展阶段与民族的发展阶段大体上是一致的。因此，我们不能在谈到经济和社会问题时，承认我国还处在社会主义初级阶段，而在谈到民族问题时，却不敢谈生存于社会主义初级阶段的民族方位问题。这不符合马克思主义一贯的理论品格，即理论的科学性、合理性、系统性、一致性和实事求是的原则。

　　新时期的民族语言文字方面，丹珠昂奔老师认为五个层面需要我们引起重视和着手解决：一是确立马克思主义关于语言问题的基本观点，以明确理论指导思想；二是把握语言发展的基本规律，以明确语言发展的基本趋势；三是准确判断语言现状，增强现实针对性，以协调社会关系；四是提高认识，以正确使用和发展民族语言；五是解决途径和方法，以明确使用、发展的关键环节和理念。在语言的发展方向方面，他提出了两个认识和一个策略，即：认识人类社会发展的规律、民族发展的规律、语言发展的规律等语言三规律；对自身语言发展方位的认识，民族的历史方位决定着民族语言的历史方位；采取合乎实际的工作策略。

民族语文政策是党和国家的民族政策在民族语言文字方面的具体体现，它直接影响着民族语文的使用和发展。民族语文政策是我国民族政策的重要组成部分。民族语文政策法规保障少数民族法定的语言文字权力，进而推动民族语文的使用和发展。丹珠昂奔老师认为，坚持马克思主义民族语言文字平等原则，尊重和保障各民族使用和发展自己语言文字的自由，是我国民族语文工作的基本指导思想。同时，他把民族语文的地位和作用概括为：1.民族语文对维护边疆稳定和祖国统一具有重要的战略作用；2.民族语文对协调民族关系具有特殊的润滑作用；3.民族语文对发展民族教育具有重要作用；4.民族语文对传承民族文化具有直接的基础作用；5.民族语文对少数民族群众生产生活具有有效的指导作用。

丹珠昂奔老师根据马克思主义的民族理论观，结合宪法和民族区域自治法，对党和国家的民族理论、民族政策的解读，根据我国民族国情，在民族、民族语言文字、民族语文政策领域提出的有些观点，具有创造性和开创性。对现阶段的民族文化、民族语文工作具有一定的指导意义。这也是我翻译这本书的目的所在。

另外，2015年年底，丹珠昂奔老师又出版了《民族工作方法论》一本，我把它作为《新时期民族文化的思考》的姊妹篇，经作者同意，书名改为《新时期民族工作的思考》，已翻译完成，近期将由中国藏学出版社出版，届时望广大同仁批评指正。

最后，对您的采访再次表示感谢！

哈森：译者是文本的深度阅读者，这话真是没错。感谢您对《新时期民族文化的思考》做了如此详尽的解读，也期待它的姊妹篇《新时期民族工作的思考》藏文版本尽早与读者见面，相信通过您的翻译，会向雪域高原送去更多真理的光芒。

感谢您接受我的采访。期待您更多佳讯。扎西德勒！

2016 年 4 月 20 日　北京海淀

那些诗，那些美好的相遇
——关于《巴·拉哈巴苏荣诗选》译本

　　自《巴·拉哈巴苏荣诗选》中译本面世以来，总有媒体记者和读者问我一个同样的问题："在蒙古国或者蒙古语众多诗人中，你为什么偏偏要选择巴·拉哈巴苏荣的诗歌？"也有朋友好心地说："你既然可以翻译诗歌这样不可译的高难度文本，一定可以译好长篇小说，那是如今市场所需的。当然，也是报酬不菲的。"

　　面对这些关注或好意，我是心存感激的。但是，除了需要可以着手翻译长篇的充裕时间以外，我似乎还需要一个契机。这个契机是看不见的，也无法用一两句话来说明。它在我的心灵深处。

超越时空，与文本相遇

　　回顾涉足诗歌翻译的初衷，还是要从巴·拉哈巴苏荣诗歌说起。虽然，我一再提醒自己不要再谈《巴·拉哈巴苏荣诗选》中译本，那已然是我的过去时。但是，要说诗歌翻译的方方面面，目前我除了它，似乎也别无可言，这就不可避免地旧话重提。译巴·拉哈巴苏荣的诗歌，对我而言不是一种理性的选择，而是一种感性的碰撞或遇见。那是我对自己的中文创作失去信心的日子，也是个人心情起伏比较大的日子。那些

哈森担任国际会议同声传译

日子里，我对创作、对人生的困惑和思索比较沉重。正在那样的时候，恰好遇见了巴·拉哈巴苏荣的诗歌。

"花丛中我曾遗忘石头 / 现在想想才明白 / 原来石头柔软，花朵坚硬。"（《无题组诗》）在这样二元对立的哲学意境中，我仿佛听到了对待事物要张弛有度的训言。

"我相信 / 星间的空白里 / 有星星 / 轮回的困苦间 / 有幸福。"（《我相信》）这些字句，给我指引着心灵的方向。

"离去时 / 你忘了关门…… / 所有的一切 / 从敞开的门 / 随你而去。"（《离去时》）"流水总以为 / 自己依着 / 永恒之岸 / 流淌 / 岸在水中流淌 / 水 / 流淌在 / 岸中央。"（《流水的表面》）"草原延伸 / 直到山脉 /…… / 我延伸 / 直到无。"（《延伸之诗》）——这些充满哲思而宁静、透明、质朴的语句，让我随着诗人的思绪，沉浸在他对人性和自然的终极关怀里，我用另一种语言将它们抒发着，在不同的语境相同的精神境界中畅游着，试图通过文字，克服和超越比文字的自我更为广义的自我。

"花朵上升 / 燃烧在山峦 / 星辰降落 / 跪拜草原的缝隙间 / 花的明亮 / 星光里辉聚 / 黑暗降临 / 为了使花朵清晰可见 / 天亮了 / 无论在黑暗 / 还是在光明 / 乌鸦 / 是看得见的黑。"（《黑暗》）作为一个读者，我是被这样的诗，彻底折服了的。

我无法拒绝这些诗句中风吹过的声音、花儿绽放的声音、星辰低语的声音，还有心跳的声音乃至生命的声音。我从内心需要将这些对人生的哲思，对自然的崇尚之诗歌，用另一种语言从里到外地再现出来。于是，我的翻译本身成了一次次的深度阅读。

朝着死亡
朝着真
我们活着

任凭岁月
流逝
愈活愈走近那里
为了融入大地
短暂地活着
给公平的死亡
奖赏自己的生命
死亡……
真……

　　　　　　　——《献》

这首诗中，诗人对"真"的无悔追寻，对"死亡"的平和心态，给我内心的震动是无法言喻的。我随着心的召唤，不由得要动一动那不可译之笔。

塞弗尔特说："诗应该具有某种直觉的成分，能触及人类情感最深奥的部分和他们生活最微妙之处。"我也喜欢巴·拉哈巴苏荣的抒情诗。

他的抒情诗多为爱情、母爱、蒙古族生活题材。我认为，爱情与诗歌是同在的，从这一点来说，抒情属于爱情。"细数着野草想念你 / 声声叹息填满草原 / 愈是想念，愈不见美丽的你 / 不见你 / 我喜欢在想你的幸福中沉浸 / 不见你 / 我等待姗姗来迟的喜悦。"(《罗曼思》)这样的诗篇，让我的爱情仿佛回归草原，但似乎又超越了草原。在如今这样写作趋于后现代主义的时代，我并不觉得这样的抒情是老套的。只要爱情不死，抒情永远是崭新的。

"世上所有的江河 / 都源自额吉河 / 世上所有的人 / 都是额吉河金色的小鱼。"这首礼赞生命、讴歌母爱的《额吉河》，据说曾让我的编辑朋友感动得夜不能寐。她说"我不由要在深夜里唱起'额吉河的金色小鱼'啊……这首诗歌把我的整个夜晚推向白色河流的岸边"，我最初阅读的感受何尝不是这样啊。"鹅黄草儿摇曳的 / 秋色如波的原野 / 望眼欲穿等待的 / 娇小尤怜的额吉。"(《祖先的家园》)诗歌的音乐性、情感的真挚以及能够勾起我对祖先家园的记忆之语言，让我感动之余，促使我不顾疲惫与艰辛，寻找语言之间的通天塔。

诗歌翻译，无疑是二度创作，它是译者的情感和思索，超越时空在原作者的作品里得到的"安置"。或者说原作者的创作初衷和灵感，超越时空降临在译者的多层阅读里，完成它的再度"显灵"吧。

跨越国界，与诗人相遇

巴·拉哈巴苏荣是蒙古国甚至是蒙古语诗歌界的一个神话。按中国蒙古族诗人宝音贺希格的话来说，巴·拉哈巴苏荣不是蒙古国乃至蒙古语诗歌界数一数二的诗人，而是独一无二的诗人。这样的一个诗人，对曾经的我来说，是可望而不可即的遥远。但是，诗歌翻译赋予我与这个伟大的诗人相识并成为文字知己的机会。

当我将巴·拉哈巴苏荣的诗歌当作纯粹爱好来翻译，已经完成46首，博客里的中文读者为首次发现蒙古国有这样一位将诗歌的传统与现代手法交融为一体的、抒情而哲思的伟大诗人而惊叹、称赞不绝的时候，在乌兰巴托的弟弟阿古拉有一天跟我说，你应该考虑出版巴·拉哈巴苏

哈森和巴·拉哈巴苏荣

荣译诗集。我说，那也要得到人家的认可，收到人家翻译出版的授权书才可。阿古拉说，我看看能不能联络到他，能不能得到他的许可。2007年1月13日，弟弟从乌兰巴托来电话说，"已经联络到巴·拉哈巴苏荣，他想跟你电话交流"。看着巴·拉哈巴苏荣的电话号码，我惊喜、犹豫，还有点恐慌。就在这样的心境里终于打通了巴·拉哈巴苏荣在乌兰巴托的电话。在一声"赛音拜努"（您好）问候后，我们的谈话莫名地轻松起来，仿佛是相识已久的朋友。他开始询问我的情况，比如大学是在哪里读的，是否认识他在北京的蒙古族诗歌友人色·乌力吉巴图和波·宝音贺喜格二位。我说，不仅认识，他们都是我尊敬的师长。若说文学或诗歌翻译方面的点滴进步，都与此二位老师的鼓励是分不开的。接着，他问我想翻译他的诗歌出集的初衷。我不假思索地说自己热爱诗歌，热爱自己的民族文化，希望能够以自己的能力和努力异语传播它，让更多的中文读者了解蒙古族诗歌乃至文化的博大精深和灿烂辉煌。他也不假思索地说，我给你翻译出版的授权书。

其实，我是期待有这么一天的。但在那一刻，巴·拉哈巴苏荣的那一句话，从电波传过来时，让我感到千钧重负。这是怎样的一个信任啊！他把自己全部诗歌的中文表述命运，就这样交给了不曾谋面、素不相识的我。从那一天开始，我面对那些诗歌、那些文字，不再只是为了爱好而爱好，随意地翻译和博客发表，而是带着一种敬畏的心，小心翼翼地翻译，反复琢磨、反复推敲，唯恐误读了那些美好的诗句……

2008 年 4 月 26 日，巴·拉哈巴苏荣先生来到了北京。我们有三四天的时间在一起交流，遴选了要翻译的诗歌，他也解答了我在翻译过程中遇到的原文疑难问题。

诗人已经年过花甲，但依旧保持着强烈的诗人个性。也许，就因为他的率性与赤诚、坚持自我却无时不在的自然与人文情怀，文字的烈马才驯服于他的手中，任凭他信手由缰，采集草原一朵朵绮丽的花朵吧。

我尊重这位老人，崇拜他的诗歌。

两种文化，在诗歌翻译中相遇

诗歌翻译的过程中，我反复接受着诗歌以外来自三种文字、两种文化（甚至三种文化）的冲击和洗礼。正如诗人宝音贺希格先生所说，两年多的时间里，我反复往返于竖写的蒙古文、方块的中文以及拼音文字斯拉夫文之间，徘徊于可译和不可译之间，为的是在这种语言转换的过程中实现一个加法组合，寻找着能够将诗歌逆向还原的最大可能性。

蒙古语的表述，由于其草原文化、游牧文化的根源，有着它独具魅力的特征。在诗歌中，尤其是在抒情诗歌大师巴·拉哈巴苏荣的诗歌中更为如此。其语言运用的特点是比喻和排比句层叠、词句大胆令人荡气回肠、音乐性尤为突出、修辞绝伦。比如在《爱的保证书》中诗人对心爱之人表达自己"我爱你是真的"时，说"像婴儿降生时 / 母亲的失声尖叫 / 惊起冻僵的马耳一样的真"。草原上的蒙古人都知道"冻僵的马耳"是不易活动的，那是怎样的尖叫呢？让马惊得竖起了冻僵的耳朵？诗人以游牧文化的这种极致符号，表达了自己爱到了极致。"马轻轻抖落鬃毛时 / 惊慌的冷泉"（《冷泉》）中诗人为了表现冷泉的敏感，用了细微如发的词"马的鬃毛"和最小的动态词"轻轻抖落"。——无处不在的马，无处不在的文化特有的符号。"拴着缰的驼羔／便是／马头琴。"(《戈壁》)牧人都知道驼羔拴了缰，会哞叫。驼羔哞叫的声音，像一首哀婉的马头琴曲。就这样，作为一个读者，我感叹着母语的无穷美好，根源文化的无比博大；作为一个转换两种语言的译者，却不时苦恼于在译入语中找不到那些与原诗词语完全对应的词语。当一个适当的表述词不能跟随灵感降临我的译诗中时，我会穷尽心智地找来无数相近的词语一一推敲，最后选那个无限接近原诗意境的词。

其实，最终决定出巴·拉哈巴苏荣译诗集后，面对他的两本诗集，选诗的时候我还是动了点小聪明的，或者说是有自知之明的。我还是稍稍绕过了蒙古族诗风和文化底蕴很浓的诗歌，选择了其抒情诗和哲理诗。

选译过他的《梦中的戈壁》，这是一首已经谱成曲子、家喻户晓的长调歌词。我前后几次修改，跟名家切磋后最终还是放弃了它。诗中母驼哞叫的声音是有颜色的（白色，象征着母爱的纯洁无瑕），它的"落处"

《满巴扎仓》与《巴·拉哈巴苏荣诗选》

在驼羔。而这其中的动词，也是中文无法诗意表达的。翻译之后，整个诗不是没了原诗中所表现的蒙古族牧野的味道，就是无法让中文读者明白其原初的意境。到最后定稿的时候，有 5 首预选的诗歌始终未能动笔，因为那些诗歌承载了太多太密集的文化信息，极难用另一种语言捕捉、涵盖、表达它们。比如令人荡气回肠的诗剧《子蛇》、蒙古文化符号密集的《跟妈妈观看的那达慕》等。还有 5 首诗歌几经推敲，始终不能让自己满意，最后还是删去了，比如前面所提到的《梦中的戈壁》以及叙事诗《画中鸟》。

源于这些文化和文字的差异，译者在译诗过程中的诗歌翻译原则是尤为重要的。这最终决定翻译出来的诗歌是"谁的"。关于这个问题，我回答蒙古国国家电台记者的提问时阐明了自己坚守的原则："作为翻译，我不是原诗的主人。我没有资格改变其外观到内在的一切。否则，那将不是巴·拉哈巴苏荣的诗歌，而是我借他诗歌的意境或语言，效仿或改写的诗。我个人认为'忠于'是译者必须遵循的首要原则。在此之上，在诗歌的语言、修辞、风格、节奏、意境等多方面要下功夫，力求让译诗完全等于原诗或者无限接近原诗。概括起来，我所坚持的其实还是大家常说的'信、达、雅'的原则。"

蒙古国作为深受俄罗斯文化影响的国度，其语言乃至诗风都深受俄罗斯语言和诗歌的影响。所以，在巴·拉哈巴苏荣诗歌中遇到一些俄罗斯诗歌题材或者人名时，我只好求助懂俄语的朋友或者网络咨询。比如，我当时并不熟悉的俄罗斯诗人拉·卡姆扎托夫的名字以及《安魂曲》《回旋曲》等诗歌的题材，都是在翻译过程中学习并敲定的。

译诗的过程是愉悦的，因为诗歌是我的热爱。我很高兴自己可以通过翻译，曲线参与诗歌活动。然而，这个过程也是备受煎熬的。遇到困难和问题时，对诗歌翻译的灰心，也会短暂地占据我的心。随之责怪自己明知不同民族的思维和文化不在一个符号体系，却斗胆从事"翻译中漏掉的"诗歌之翻译，从而踏上"诗，不可译的不归路"。

职业和爱好，在诗歌里相遇

我是一名职业翻译，主要的职责是把中央政府的重要文件及相关文本翻译成民族文字，我的母语——蒙古语。我的工作时刻要求我将党和政府的声音，及时、准确无误地传达到少数民族和民族地区。然而，我从小的诗歌梦想，是一刻也没停止过的。通过巴·拉哈巴苏荣的诗歌，我的职业和兴趣爱好发生了内在的相遇，让我找到了自己最理想的方向。由此，我深深领悟到，无论任何时候，方向和努力同样重要。

经过将近三年的诗歌翻译路程，我已经渐渐习惯了在略显枯燥的文件翻译（汉译蒙工作）和心情可以飞扬的诗歌翻译（蒙译汉工作）间状态的切换，如同习惯白昼与黑夜的切换。这也是我欣喜的事情。我的心灵以及生活，由此更加丰富起来……我的语言和文字更加自由起来……

鲁迅说过，他的文学创作为"曲线救国"。而我通过诗歌翻译，实现着我的诗歌理想。"曲线参与诗歌活动"的这种行为，最终促使我将本民族优秀的文学作品译介给汉文读者，让更多的人了解蒙古族文学和文化。也为此，我表明了那句"诗，不可译，还要译"的决心。

写完这篇文章，我要忘记这本书，开始新的旅程。但我以后的路途，乃至我的漫漫人生，都将和诗歌翻译息息相关。因为，诗歌与诗歌翻译已是我生命里不可或缺的部分了。

2009 年 5 月 18 日　北京海淀

后记

　　2009 年 5 月的一个晚上，好友宝贵敏带着一位陌生的朋友忽然造访。说陌生，是因素未谋面。他是《中国民族》杂志汉编部主任李晓林，这位苗族作家写过一套书《边，边境的边》，是我喜欢的。

　　他说是来约稿的。他了解到我翻译的蒙古国诗集《巴·拉哈巴苏荣诗选》，希望我写一篇关于译本的"故事"。推辞几番，还是说不过这位有备而来的人，只好接受"任务"。不过，我的压力不小。一是时间紧迫，我只有十天的写作时间；二是因为这本权威报道中国民族的国家级新闻月刊，对文章的要求很高很严。那时，我在博客上写写诗，写写随笔，没有太多约束。针对"任务"，按照很官方的套路，我写了第一稿发给他，他委婉地表示不满意，让我重写，并建议我听从自己的内心写，不要刻意，更别刻板。

　　两天后，李晓林老师读了我完全抛开第一稿，一气呵成的第二稿——《那些诗，那些美好的相遇》，表示十分满意。他说，你就这样写下去，以"走近少数民族语文翻译家"为主线，一个一个民族地写下去，保证给我们杂志一期一稿，一来你周围的少数民族翻译资源丰富，二来你自己从事这个行业，懂这个行业，我知道，你一定能写好。

　　我于 1994 年毕业分配到中国民族语文翻译局从事汉蒙翻译，在这个国家级民族语文翻译机构的平台上，结识了很多蒙古、藏、维吾尔、哈萨克、朝鲜、彝、壮等少数民族翻译家，与他们共事相处的岁月里，了解到一个个民族的历史、文化、翻译现状，目睹了一代代翻译家无私奉献的精神风貌；再后来，也曾有幸在鲁迅文学院少数民族翻译家高研班这个平台上，结识诸多民族文学翻译同行。我有得天独厚的资源，这是肯定的。

　　我拟定采访计划，起始我的关注点只限于民译汉文学翻译领域。因为，文学翻译译本可以欣赏解读，聊起来更生动、更自由，给人愉悦的享受。第一个接受我采访的是第十届全国少数民族文学创作"骏马奖"获得者 —— 维吾尔族翻译家伊明·阿布拉，我们是将近 20 年的同事兼邻居，虽说平时作为前辈他很关照我，但是如果没有这样的一次访谈，我们也成不了志同道合、惺惺相惜的朋友。几年后，他因癌症去世了，一个摩拳擦掌要去完成更多理想的人走了，作为了解他的朋友，我特别难过。我们之间关于翻译的话题，关于文学的话题，本应延续下去的……但是，多么遗憾，我失去了一位良师益友。

　　我从一本本精彩译本的阅读中，感受到了不同民族文学的魅力、文化的魅力，我从一个个采访对象身上，感受到了同为译坛耕耘者甘于寂寞、无限执着的人格魅力。他们有的是我相识已久的朋友，有的是人海茫茫中寻寻觅觅才找到的知己。朱霞，是后者。认识她之前，我对朝鲜族诗歌知之甚少。若说，她通过诗歌翻译，抵达了人生理想白色的斑斓。那么，我是通过阅读她和她翻译的诗歌，抵达了朝鲜族文化白色的斑斓。且萨乌牛、吉格阿加夫妇，是前者，但我何尝不是通过这样一次深度阅读和交谈，才为他们翻译的《我的幺表妹》《妈妈的女儿》动容，为他们夫妇对民族翻译事业的热爱动容，为他们背后那富有神秘和浪漫色彩的彝文化动容呢？那些日子，那些层层叠叠的比喻和忧伤犹如长了翅膀，回旋在我心里，久久不能散去……我觉得自己是幸运的，命运让我遇到了每一个民族文化的精英，遇到了每个民族文化的精华。

　　关注过文学翻译家、关注过民译汉翻译家、关注过少数民族翻译家后，我忽然意识到了自己的狭隘。于是，我把关注点扩展到文学翻译之外，涉及政治、历史、法律、文献等各类内容的翻译家身上；除了民译汉翻译之外，从事汉译民、甚至双向翻译的翻译家身上；笔译，口译、同声传译各种形态的翻译活动中出色的翻译家们身上，也把关注点扩展到民族属性非少数民族，却为少数民族翻译事业鞠躬尽瘁的翻译家们身上。"不说文学作品，就是公文，它也是带着拟稿人倾注的心血的，所以我们一定要对翻译文本怀有敬畏之心，这样才能翻译好一篇文章、一部经典……"——对我而言，这也是一次次学习和交流的机会，一次次探讨和提升的机会。这个过程中，他们的翻译态度、翻译精神也时刻教育和鼓舞着我。

我与每一位翻译家的对话，围绕在探讨"各民族语言的差异性和翻译的创造性"，发现"译者的成长历程映射的各民族翻译发展脉络"，达到"通过具体的译本，解读各民族翻译经典，了解各民族文化精髓"等共性话题上，也针对不同翻译家不同的身份提出了一些个别问题。但我明白，源于个人视野的局限性，访谈工作经验不足等原因，一定不够专业、不够精到，还望慧心的读者海涵。

从 2009 年到现在，我采访了蒙古、藏、维吾尔、哈萨克、朝鲜、彝、壮、柯尔克孜、汉等 9 个民族 20 位翻译家，我敢说他们是这些民族最优秀的翻译家代表。我说"代表"的意思是除了他们之外，每个民族都有更庞大的翻译家队伍，而且，每个民族还会有更杰出的翻译家。由于我平日本职工作繁忙、业余时间大部分给了我钟爱的文学翻译事业，所以，拟定进行的翻译家访谈，有很多未能实现。另外，因联络上的障碍，就近取材的情况多，以致无法联络到远在边疆少数民族地区的少数民族翻译家们。在此，深表遗憾，并请前辈圣贤海涵。

最后，感谢《中国民族》杂志给我的机缘和平台，敦促我完成了这个部分性工作，开拓了我的视野和胸怀，让我收获，让我无悔；感谢接受我采访的每一位翻译家，你们的理想和信念、人格和情怀，像是一盏盏灯塔，照耀着我前行的路，给我信心和力量；感谢内蒙古人民出版社支持出版《通往巴别塔的路上—— 中国少数民族翻译家访谈》，让不同语言的人群，跨越言语的鸿障，了解彼此、理解彼此、包容彼此、尊重彼此，共同去建造通往天堂的巴别塔，共筑幸福和圆满。

作者　于北京

2016 年 5 月 9 日